Rom erzählt

Rom erzählt

Vitaliano Brancati
Carlo Emilio Gadda
Luigi Malerba
Dacia Maraini
Alberto Moravia
Pier Paolo Pasolini
Luigi Pirandello

Verlag Elisabeth Petersen

Inhalt

In Teile zerlegt würde Rom eine außerordentliche Vielzahl von Schichten zeigen: und das macht seine Schönheit aus. Dazu kommt die Sonne, die milde Luft, die Heiterkeit des Lebens im Freien – das niemals idyllisch ist, sondern immer einen dramatischen Unterton hat und daher niemals ermüdet, immer lebendig, immer bewegend ist …

Pier Paolo Pasolini

Die Kuppel

Vitaliano Brancati

Wer im Auto auf der großen, Aurelia genannten Umgehungsstraße nach Rom kommt, die ganz frisch in die weiche, gelbe, grasige Erde des Monte del Gallo und der
Monti della Creta gegraben ist, sieht unversehens zwischen der schattigen und gestrengen Aurelia Antica und
der lärmreichen Aurelia Nuova, die wie ein wildes Pferd
in ständigem Auf und Ab aus der Stadt hinausgaloppiert,
hinter einem Rauchstreifen, der lebhaft aus einem hohen,
einsamen Giebel quillt und dann still in der vom Schirok-
ko gelähmten Luft hängt, die Kuppel von Sankt Peter auf-
steigen. Sie erscheint, verschwindet. Der Reisende, der an
Villa Carpegna vorübergefahren ist, sieht zu seinen Füßen
kreuz und quer in einem weiten, von Erdarbeiten zer-
wühlten Bereich graue Mauern, auf denen gelbliches Gras
wächst, kakaofarbige Erdhaufen, mit Schilf umwickelte
Stämme hoher Bäume, junge von jeweils drei Stangen ge-
stützte Pinien, und in der Ferne in Bau befindliche Häuser.
Sie starren von Gerüsten, auf denen sich in der glühenden
Sonne, den Kopf unter einem Papierhelm verborgen und
die Hosen mit Bindfaden zugebunden, ein Menschen-
schwarm tummelt, dessen unermüdliches Treiben lang-

sam und allmählich, wie der Flügelschlag der Bienen den
Honig, ungeheure Bauwerke absondert, die nachts ein
trübe beleuchtetes Treppenhaus in zwei Hälften teilt, oder
jene elegante Villen mit Rolläden, Sonnensegeln, Glaswän-
den und Terrassen, auf denen im Wind das blaue Wasser
eines von Hängematten und vielfarbigen Sonnenschirmen
umgebenen Schwimmbeckens schwappt, fröhliche Wohn-
stätten, deren sich gleich nach dem Abzug der Bauarbei-
terschwärme Wesen mit zarter Haut bemächtigen. Auf
einem Gipfel zur Rechten und durch die Erdarbeiten, von
denen in der rötlichen Erde noch Spatenspuren zeugen,
auf luftiger Höhe isoliert, läßt eine Zypressenhecke, die
einer Reihe von Seminaristen gleicht, die eigenen Schatten
mit dem Aufblitzen des weißen Himmels dazwischen ab-
wechseln und kündigt so etwas an, was auch nicht lange
auf sich warten läßt: ein großes geistliches Hospiz, dem
zur Linken ein zweites geistliches Hospiz und im Hintergrund ein drittes geistliches Hospiz entspricht, jüngste
Werke katholischen Glaubens, von wimmelndem Prie-
ster- und Nonnenleben erfüllt. Ihre Türmchen lassen im
Abenddunkel grünliche Kreuze am römischen Himmel
aufleuchten, fromme Neonlichter, von denen indessen
keines so hoch ist wie das, das auf dem Gipfel des Monte
Mario den Heiligenschein einer neuen Marienstatue be-
leuchtet. An der ersten Kurve ist die Kuppel von neuem da,
unendlich vergrößert wie im Okular eines Teleskops; die
Kurve biegt nach links, und die Kuppel schiebt sich maje-
stätisch nach rechts, bleibt dann, während die Straße wieder geradeaus läuft, einen Augenblick lang an der gleichen

Stelle stehen und versinkt schließlich langsam hinter grünem Buschwerk und dem roten Dach einer neuen Kirche. Abwärts gleiten die Säulchen der Laterne, die goldene Kugel verschwindet, und einsam im blauen Himmel, als stünde es auf dem roten Dachfirst der neuen Kirche, bleibt nur, als höchste Zinne, das vergoldete Kreuz; dann versinkt auch es. Jetzt biegt die Umgehungsstraße nach rechts, an die Stelle der Kuppel tritt ein Hügel mit Zypressen und Pinien; das Auto nähert sich dem Kamin, hinter dessen Rauch, wie hinter dem Schatten eines entschwundenen Engels, die Kuppel zum erstenmal aufgetaucht ist. Im Hintergrund erscheinen neue Häuser des sozialen Wohnungsbaues, pistazienfarben, hoch und sehr schmal, und hinter ihnen erhebt sich der Gianicolo. Die Straße verengt sich und wendet sich in schlangengleicher Windung wieder nach links. Von hier aus sieht man neben den pistazienfarbenen Bauten alte Häuser, deren verblichene Wände zerrissene Wäsche schmückt. Noch ein paar Meter, und wieder erscheint die Kuppel, ganz nahe, drohend. Sie gleicht einer Schnecke, deren Schwanz der Dachsims der Kirche bildet. Durch eine perspektivische Illusion sieht es so aus, als sei dieser großartige Bau aus Ziegeln und Travertin mit dem Dach eines armseligen Häuschens verfugt. Langsam schiebt er sich über den Himmel in der Windschutzscheibe und bedeckt sie fast vollständig. Der Dachsims ist verschwunden, Kirche und Kolonnaden sind nicht zu sehen; die Kuppel schwebt jetzt, ein einsames Mausoleum, über der Eisenbahnbrücke an der Strecke nach Viterbo. Zu ihrer Rechten ist ein hohes, häßliches, ein-

sames Haus aufgewachsen, das sie erstaunt anzuschauen
scheint wie ein armer Wicht von dieser Erde den pracht-
vollen Bewohner eines anderen Planeten. Die eiserne
Brücke schiebt sich vor sie, und ihr rauchgeschwärzter
Körper legt sich wie ein Trauerflor über sie. Aber das Auto
fährt unter der Brücke hindurch, die Kuppel weicht zurück und schwebt jetzt über einer zweiten Eisenbahnbrücke aus rotem Ziegelstein. Und wenn auch sie hinter
uns liegt, taucht wieder, hoch über uns, die Kuppel auf,
jetzt noch größer, zart und grau, wie aus der Asche eines
Gestirns von höherer Ordnung als die Sonne entstanden,
eines glorreichen, genialeren Gestirns, das aber erloschen
ist. Und worauf ruht dieses Wunderwerk? Auf einem
Haufen von Hütten mit schwarzen Dächern, zerfallenden
Mauern und Aborten aus verrostetem Eisenblech auf den
kleinen Balkonen. Langsam und allmählich sinkt es herab,
bis seine herrlichen Fenster mit ihren Säulenpaaren neben
den schiefen Fenstern der höchsten dieser Hütten stehen.
Dann verdeckt ein großes häßliches Gebäude ohne Fensterläden, eine Art Magazin, das notdürftig als Behausung
hergerichtet ist, die Kuppel vollständig. Rissige Mauern,
abblätternder Putz, Zeitungsfetzen an Stelle der Fensterscheiben, Gefängnisgitter im Erdgeschoß, Wasserleitungen, die in die Fenster kriechen wie Schlangen in ein Erd-
loch. Und einen Augenblick später taucht die Kuppel über
einer perlgrau gestrichenen Esso-Tankstelle mit leuchtend
roten Streifen wieder auf; sie hat sich jetzt um den oberen
Teil der Kirche vergrößert, dessen Akanthusblätter auf den
Kapitellen sichtbar werden. Zur Linken erscheint die Via

di Stazione Vaticana, auf deren schiefer Ebene ein Obst-
markt nur knapp dem Abrutschen zu entgehen scheint,
während über der hohen Quadermauer mit dem weißen
Gedenkstein für Nikolaus V. die Kuppel rückwärts gleitet
und der Reisende sich umdrehen muß, um zu sehen, wie
sie kleiner wird.

Der Priester und die Hure

Luigi Malerba

Palmira wohnte in einem kleinen Zimmer voller Löcher und Ritzen, am »Weißen Brunnen«, einem Ort von schlechtem Ruf, aber vorteilhaft nahe bei den Straßen der Finanz, denn gleich dahinter, im Bezirk der Banken, hatten die florentinischen und genuesischen Geldwechsler ihre Büros, wo ein reger Handel mit Dukaten Florinen Karlinen Julinen und Bajokken stattfand. In den Kellern dieses Viertels arbeiteten in größter Heimlichkeit die Tonsoren, die an Gold- und Silbermünzen feilten und den Galgen riskierten. Aber Palmira verachtete die bleichen Kellerscherer.

»Lieber ein Räuber als ein Geldkratzer«, sagte sie zu ihren Freundinnen, die sie ab und zu einluden, mit ihnen in die heimlichen Abgründe der Münztonsur hinabzusteigen.

Mit der feinen Welt der Finanz hatte Palmira kein Glück gehabt. Dann und wann wurde sie zu irgendeinem nächtlichen Spaziergang aufgefordert, aber sie hatte nie einen gutsituierten und leidlich wohlgestalteten Beschützer gefunden, wie sie ihn sich wünschte, und mußte mit einem alten Notar aus Siena Vorlieb nehmen, der für ihre fordernde und phantasievolle Schönheit zu engstirnig war.

Palmira wollte gern des Nachts im Licht einer Kerze spazierengehen, in der heißen Tageszeit in den Tiber springen oder barfuß durch die Straße der Banken laufen, und eines Tages war sie, auf einem Maultier reitend, zu einer Verabredung mit dem alten Notar erschienen und hatte von ihm verlangt, daß er gleichfalls aufsitzen solle. Der Unglückliche hatte ihren plötzlichen Anwandlungen nicht folgen können und hatte es schließlich vorgezogen, auf sie zu verzichten.

Nach dem sienesischen Notar traf Palmira einen jungen Devisenhändler im Dienst der Bankiers Altoviti – einen jungen Strubbelkopf mit trüben Aussichten, aber mit Wucher und Geldwechselei bereits wohlvertraut. Er hätte sie gern zu sich genommen, um mit ihr zu leben, aber beide schlugen sich mit einem symmetrischen Leiden herum, das ihnen schon in den ersten Tagen peinliche Momente verschaffte. Da sie beide ein wenig hinkten, zeitigte das gemeinsame Gehen auf der Straße eine so unstimmige Wirkung, daß es die Aufmerksamkeit der Passanten erregte, oder noch schlimmer, den lärmenden Hohn der Straßenjungen und die spöttischen Blicke ihrer Bekannten.

Eines Abends schließlich wurde Palmira zu einem Maskenball in dem großartigen und strengen Palast beordert, den der Kardinal Riario nahe dem Campo de' Fiori errichtet hatte, wobei er für seinen Bau die großen Steine des Kolosseums verwendet hatte, die seine Arbeiter in der Umgebung aufgelesen hatten. Hinter diesen strengen Mauern aus antikem Travertin wurden sämtliche Todsünden und ein ganzes Repertoire von unaussprechlichen Lastern begangen – so munkelte man ohne Gewähr, denn nur wenige gehörten zu den Privilegierten, die zu diesen Versammlungen zugelassen wurden. Bei den Festen und Banketten – nackt oder verkleidet – war der Kreis der Eingeladenen wesentlich generöser. Hier hatte Palmira den ganz und gar schwarz, aber mit rotem Schwanz und Hörnern als Teufel verkleideten Kardinal Cosimo Rolando della Torre getroffen.

Palmiras Gesicht war hinter einer Maske versteckt, die ihre eigenen Züge wiedergab. Sie trug eine Perücke mit sehr langen schwarzen Haaren, wie Maria Magdalena, und ein Kleid aus lauter Rissen und Flicken, das da und dort ein Stück helle und schimmernde Haut durchscheinen ließ. Sie hatten einander wiedererkannt, als sie sich durch ihre Masken in die Augen sahen.

»Mein Gott, du bist Kardinal geworden«, hatte Palmira ausgerufen, als sie den Purpur unter dem schwarzen Umhang sah, »und du hast dich als Teufel verkleidet.«

»Kardinal reimt sich auf Karneval, und deshalb ist jeder Scherz erlaubt. Aber was für ein unglaublicher Zufall für einen Teufel, der heiligen Sünderin Maria Magdalena zu begegnen!«

Der Teufel und Maria Magdalena hatten die ganze Nacht miteinander getanzt, und beim Morgengrauen hatte der Teufel die schöne Hinkende in seiner Kardinalskutsche entführt und in sein früheres Haus in der Via Monte della Farina gebracht.

Sie hatten sich stürmisch geliebt, ganz wie eine Heilige

und ein Teufel. Schließlich hatte Palmira ihn eine Menge Sachen gefragt, wieviele Sünden er wohl begangen habe, seit sie sich vor allzu langen Jahren kennengelernt hatten – welche Lieben und was für Abenteuer –, und sie wollte auch gern erfahren, wie man Kardinal wird.

»Weißt du noch, wie du die Kardinäle verachtet hast?«

Er solle ihr doch bitte von seinem Leben erzählen, aber nicht vollgestopft mit abstrusen Gedanken. Einfach das nackte Leben.

»Und du, hast du ein Leben zu erzählen?« hatte Kardinal Cosimo Rolando gefragt. »Vielleicht willst du beginnen? Frauen reden doch immer gern.«

Sie hatte zu weinen angefangen, es gab wirklich nichts zu erzählen, jedenfalls nichts Gutes.

»Ich möchte die Vergangenheit vergessen und nicht mehr daran denken.«

»Die Vergangenheit hört nie auf«, sagte Cosimo Rolando.

»Ich weiß nicht, was du damit meinst, aber ich finde nicht, daß du recht hast.«

»Dann erzähle ich dir eben etwas aus meinem Leben, und in meiner Erzählung kommst auch du vor, denn was immer geschehen mag und wohin deine und meine Gefühle auch gehen werden, so kann nichts die Erinnerungen löschen, die sich meinem Gehirn für immer eingeprägt haben. Denken verwirrt die Gedanken, aber Erzählen klärt sie.«

Und so hatte Cosimo Rolando della Torre, der nackte Kardinal, der verliebte Teufelskardinal, Palmira die ganze

Nacht hindurch seine Geschichte erzählt, und wenn er sie und sich selbst erwähnte, dann sprach er wie von einem Fremden zu einer Fremden.

Cosimo Rolando hatte als junger Mann die schwarze Kutte der Römischen Kirche angelegt, aber er hatte sich nicht damit begnügt, ein einfacher Diener Gottes zu werden wie seine mitberufenen Gefährten. Wenn man einen Weg für sich wählt, dann muß man ihn bis zum Ende gehen, und zwar im Laufschritt, so man den Gipfel erreichen will. Er wollte Heiliger werden. In seinen Träumen sah er bereits sein Bild auf den Altären, und Scharen von Gläubigen davor, die Kerzen anzündeten und sich seiner Gabe eines himmlischen Wunderheilers empfahlen. Doch insgeheim wünschte er sich, die Wunder schon bei Lebzeiten zu wirken.

Bereits etliche Male hatte der junge Priester Kranke jeder Art besucht, hatte seine Hände auf die Augenlider armer Blinder gelegt, in der Hoffnung, ihnen die Sicht wiederzugeben, hatte Verkrüppelte bei der Hand genommen, hoffend, daß sie sich aufrichten würden, hatte Stummen in den Mund geatmet, auf daß sie sprächen. Jedesmal war er zuversichtlich gewesen, daß seine Berührung diesen Unglücklichen Heilung bringen würde. Ein ganz kleiner Fall von Heilung hätte ihm genügt, ein winziges Zeichen der Gewogenheit Gottes. Nichts, es schien wirklich, als wäre Gott in keiner Weise geneigt, seinen Wunsch zu erhören. Cosimo Rolando begann ungeduldig zu werden. Was hätte es Gott schon gekostet, ihm ein Wunder zu gewähren, auch nur ein ganz kleines – eine plötzliche Heilung, ganz gleich von welchem Gebrechen? Aber der Himmel blieb gegenüber seinen Wünschen immer grauenhaft taub.

Eines Tages hatte Cosimo Rolando sich dabei ertappt, leise Flüche wider das Pech auszustoßen, das ihn in seinem Ehrgeiz verfolgte. In seiner Hartnäckigkeit und seiner vergeblichen Verzweiflung hatte er indessen gemerkt, daß diese Flüche ihm Erleichterung verschafften und sein Gemüt von der Qual des Scheiterns befreiten. Bei allem Wirrwarr jener Tage des Grolls und des Zorns hatte er auf den Ruhm der Heiligkeit noch nicht gänzlich verzichtet. Wie aber konnte ein fluchender Priester auf die himmlische Heiligkeit oder Seligkeit hoffen? Wie war er nur in diesen furchtbaren Widerspruch geraten? Er sagte sich, daß auch Heilige sündigen können, und daß vielleicht gerade die Sünde der beste Weg war, um zur Heiligkeit zu gelangen. Aber jeder Fluch ist auch eine Lästerung Gottes, der sich gewiß darüber grämt. Die Flüche kommen mit Geknatter im Himmel an, wecken Gott aus seinem langen Schlummern und erregen seinen Zorn. Oder sein Erbarmen?

Dies waren die wirren Gedanken des Cosimo Rolando della Torre, der durch die Vermittlung seiner Familie bereits zum Domkantor in Florenz und zum Diakon in Pontassieve ernannt worden war. Er fragte sich, der unglückliche Cosimo Rolando, wie er diese Gedanken mit dem Amt in Einklang bringen konnte, das er im Dienst der Heiligen Römischen Kirche ausüben würde. Und der Glaube?

Müßte der Glaube nicht eine Flamme sein, welche die religiöse Berufung beseelt? Das hatte er in den Büchern gelesen und das hatte man ihn in der Schule gelehrt. Er sagte sich, daß ihm Glaube ad abundantiam geschenkt worden war, aber daß er seinem Ehrgeiz vielleicht einen zu hohen Platz eingeräumt hatte. Cosimo begann seine Ziele tiefer zu stecken und akzeptierte mit einer Fröhlichkeit, die ihn selbst erstaunte, die Hilfe seines Vaters, der ihm die ersten einträglichen Benefizien verschaffte.

Seit jener Zeit war er mehrmals mit dem Kardinal Ottoboni, einem flinken und abgefeimten Pfründenjäger, aneinandergeraten. Der Glaube wurde dann zurückgestellt, nicht verleugnet, aber vergessen wie eine allzu sperrige und beschwerliche Bürde. Ja gewiß, Gott war dort oben, ganz hoch im Himmel, aber genauso wie er damals seinen Wunsch nach Heiligkeit nicht erhört hatte, widersetzte er sich jetzt nicht seiner Anhäufung von Benefizien, die nur durch einen einzigen Rivalen behindert wurde, der geschickter und schlauer war als er.

Kaum hatte Cosimo Rolando einen würdigen kleinen Palazzo in der Via Monte della Farina bezogen und mit großer Anstrengung versucht, sich in dem wirren Dickicht der römischen Hierarchien zurechtzufinden, merkte er, daß er Mühe hatte, seine eigenen Horizonte – »in spiritualibus«, aber vor allem »in temporalibus« – mit den aus den Ländern des Nordens nach Rom kommenden Prälaten – französischen deutschen polnischen englischen flämischen zu erweitern, deren schwierige Sprachen er nicht verstand. Er war nicht begabt für das Studium fremder Sprachen, und hatte deshalb beschlossen – zum Gebrauch bei der gesellschaftlichen Konversation und für die häuslichen und kirchlichen Geschäfte – sein Latein zu verbessern.

An einem Nachmittag erstickender Hitze, nach einem Platzregen der eine gelbe Schicht afrikanischen Staubs auf den Straßen und Dingen hinterlassen hatte, ging Cosimo Rolando in den Weingärten spazieren, die sich am Tiber entlangzogen, und führte dabei lateinische Gespräche mir sich selbst – Fragen und Antworten, Monologe, Anekdoten, polemische Wortgefechte, Religion und Geschäfte, Abschnitte über weltliche Weisheit von Seneca und Mark Aurel. Die untergehende Sonne überzog die Trauben mit einem schönen transparenten Gold und verlieh auch den Blättern, die bereits begannen, sich herbstlich rot zu färben, einen besonderen Glanz. Auf dem mit den Schatten der jungen Reben bestickten Boden ließ die feuchte, über dem Fluß stagnierende Luft die Schritte Cosimo Rolandos immer schwerer werden, während er weiterhin seine weltlichen Reden abhaspelte. Nach einer zermürbenden Diatribe über die Mißstände im Kirchenstaat hatte er sich auf eine Diskussion mit einem imaginären Gesprächspartner über die fünfundneunzig Thesen Luthers eingelassen, dessen Stimme der Auflehnung schon über die Grenzen der deutschen Lande hinausgedrungen war und das schwierige Lehramt der Römischen Kirche in Verwirrung gestürzt hatte.

An einem bestimmten Punkt seines Spaziergangs fand

Cosimo Rolando sich in einem Weingarten wieder – umgeben von einem hohen Lattenzaun und ohne Ausgang, außer über einen kleinen Wassergraben, der als Grenze diente. Die warmen und prächtigen Farben der Welt hatten seine Seele auf Müdigkeit und Melancholie eingestimmt, und eine seltsame irdische Wehmut hatte ihn bewogen, sich in den Schatten eines Lattenzauns zu setzen, wo er sich vielleicht zum ersten Mal im Leben das Vergnügen gönnte, die Natur aus der Nähe zu betrachten, die er in den fiebrigen Jahren der ersehnten Heiligkeit, der Enttäuschung und schließlich des Wettlaufs um die irdischen Güter vernachlässigt hatte. Was sich jetzt seinen Augen darbot – die triumphierende Natur der Fruchtbarkeit –, war das Werk eines zerstreuten und egoistischen Gottes, der ihn in seinem heiligen Ehrgeiz gedemütigt hatte. Aber war er nicht selbst ein Teil der Natur? War nicht auch er ein Werk von Gottes Hand? Cosimo Rolando ließ davon ab, das zähflüssige Latein vor sich hin zu murmeln, das ihm sein analytischer Eigensinn auferlegt hatte, und war im Begriff einzuschlummern, wie um die Schönheit der Werke Gottes trotzig zu verleugnen, als er etwas vernahm – ein Weinen, ein kindliches Jammern, ein Zeichen menschlicher Präsenz. Er stand auf, überquerte den Graben und lenkte seine Schritte in die Richtung der leisen Stimme.

Cosimo Rolando hatte sich dabei ertappt, zum ersten Mal in seinem Leben die Schönheit der Natur zu bewundern, und jetzt mußte er sich noch einmal einer neuen Schönheit aussetzen. Jahrelang hatte er vergessen, daß es die Frauen gibt, und nun fand er hier, hingekauert in den Schatten einer Rebe, ein Mädchen mit langen roten Haaren, die sein Gesicht verdeckten, geschüttelt von Schluchzern, mit um die Knie gefalteten Händen. Er sagte sich, daß Gott und die Heiligen im Himmel diese Begegnung gewiß vorgesehen hätten, und daß es deshalb seine Pflicht sei, der Unglücklichen zu helfen.

Ein Gefühl der Sehnsucht zog ihm durch Leib und Seele, ganz wie die Sehnsüchte, die ihn in seinen Jugendjahren beunruhigt hatten, als er noch hoffte, sich durch eine Wundertat den Ruhm der Heiligkeit zu erwerben. Cosimo Rolando kniete sich neben das weinende Mädchen und vergaß auf der Stelle die mühsamen lateinischen Satzgefüge, die ihn während seines Spaziergangs beschäftigt hatten. Er streifte die langen Haare von ihrem sommersprossigen Gesicht und sah in den tränengeröteten Augen ein Licht, das ihm das Herz mit Bestürzung und Glück erfüllte. Während sie weinte, lächelten ihre Augen ihm zu. Auch dies war ein Wunder der Natur, und in der Tiefe seines Herzens dankte er dem Allmächtigen für diese unerwartete Gnade, die er ihm schenkte.

Dies – nicht die Glorie der Altäre – war das Inbild des Wunschs nach Glück in Harmonie mit dem Glück der Natur: der Sonne, den reifen Trauben des Gartens, den reglosen Blättern im vibrierenden Sonnenlicht. Er nahm ihre Hand, um ihr auf die Füße zu helfen. Das Mädchen stand auf, sah ihm in die Augen und lächelte ihm zu, während auf ihrem Gesicht noch die Tränenspuren glänzten. Dann sah sie ihn nochmals voller Dankbarkeit an, ging ganz nah zu ihm hin und legte ihre Lippen auf die seinen. Sie küßten sich stehend, in der Sonne, während ihre Schatten sich im Wasser des Flusses spiegelten.

Sie gingen am Tiber entlang, auf den Wegen, die sich durch die Weingärten ziehen, in Richtung Engelsbrücke. Ihre langen Schatten eilten über den Boden, kletterten auf die Bäume, spielten zwischen den wilden Trauerweiden, zitterten über die Oberfläche des Wassers. Cosimo Rolando zeigte dem Mädchen die beiden nah beieinanderliegenden Schatten und umarmte sie wieder, und auch die Schatten umarmten sich, er faßte sie bei der Hand, und auch die Schatten faßten sich bei der Hand. Sie gingen immer weiter bis zur Brücke, und ihre Schatten liefen ihnen auf ihrem ganzen verliebten Weg voraus. Nein, dieser Kuß konnte keine Sünde sein. Kann die Liebe zwischen zwei Geschöpfen Gottes eine Sünde sein?

Auf dem Weg zu seinem Haus bemerkte Cosimo Rolando, daß das Mädchen ein wenig hinkte.

»Tut dir ein Fuß weh?«

»Nein, ich hinke.«

Cosimo Rolando lächelte befangen.

»Kann ich dir helfen?«

»Nur wenn du Wunder wirken kannst, anders wirst du mich nicht zurechtbiegen können. Ich hinke einfach, weiter nichts.«

Als er von Wundern reden hörte, zog ein Schauer durch Cosimo Rolandos Gedächtnis. Aber er faßte sich gleich wieder.

»Warum hast du geweint?«

»Na weil ich hinke! Ich war verzweifelt, das passiert mir manchmal, aber jetzt bin ich's schon ein bißchen weniger.«

Sie stiegen langsam das Tiberufer hinauf, gingen über die Engelsbrücke, liefen schweigend durch die Bankenstraße und überquerten dann das Forum der Ölhändler.

»Wohin gehn wir?« fragte das Mädchen.

»Wohin du willst, die Welt ist groß.«

»Bringst du mich zu dir nach Hause?«

»Wie hast du das erraten?«

Das Mädchen lachte.

»Vorhin hab' ich geweint, und jetzt lach' ich.«

»Das ist doch gut.«

»Hast du denn nicht begriffen, daß ich ein Gespenst bin? Du kannst doch kein Gespenst mit nach Hause nehmen.«

Cosimo Rolando sah sie verwundert an.

»Dann werde ich mich eben in ein Gespenst verlieben. Alles kann geschehen unter diesem Himmel.«

»Du bist ein Priester. Wie kann da so was überhaupt geschehen?«

»Jesus hat die Liebe gepredigt.«

»Was hat Jesus nicht alles gesagt! Er hat auch gesagt, geht in die Welt hinaus und mehret euch. Das hat er gesagt, aber ich will meine Traurigkeit nicht noch mehren.«

Cosimo Rolando lächelte kaum merklich. Sie waren vor seinem kleinen Palast in der Via Monte Farina angelangt. Der Bruder Pförtner machte eine Verneigung und die beiden gingen hinein und stiegen langsam die Treppe hinauf. In der angenehm kühlen Luft des durch dicke Steinmauern geschützten Gebäudes fand Cosimo Rolando, der von dem so bewegenden Spaziergang recht ermattet war, seine Kräfte wieder. In seinem Arbeitszimmer blieben sie an einem Fenster stehen, um den Himmel über der Engelsburg zu betrachten, der ganz rot war, so daß auch sie von dem flammenden Lichtschein gerötet wurden.

»So rot siehst du aus wie ein Teufel«, sagte das Mädchen.

»Aber nein, ich bin doch ein Priester.«

»Du müßtest dein Priestergewand ausziehen. Jetzt bist du ein Priester, aber ohne das Priestergewand bist du ein Mann. Wenn ein Mann nackt ist, dann weiß man nicht mehr, ob er ein Priester ist oder ein Soldat oder ein Kaufmann, und ob er reich oder arm ist. Er ist ein Mann und Schluß.«

Cosimo Rolando sah sie ratlos an.

»Ich will dich nackt sehen.«

»Wie soll ich mich ausziehen, wenn ich noch nicht einmal weiß, wie du heißt?«

»Ich heiße Palmira.«

Cosimo Rolando wußte nicht, was tun. Er stand einfach da, verlegen und ohne Worte.

Das Mädchen fand gleich einen Weg, um ihn aus seiner Verlegenheit zu befreien. Sie begann sich zu entkleiden.

»Gibt's hier kein Zimmer mit einem Bett?«

Cosimo Rolando nahm sie bei der Hand und führte sie in sein Schlafzimmer.

»Warum hast du gesagt, daß du ein Gespenst bist?«

»Nur so, zum Spaß. Ein geiler Kantor von San Salvatore in Lauro hat mir das gesagt. Er wollte, daß ich hinterm Altar die Ziege für ihn mache, und da hab' ich gesagt, daß ich für solche Spiele nicht zu haben bin. Wenn er den Bock machen wolle, dann solle er sich eine andere suchen. Da hat er mir gesagt, ich wäre ein Gespenst, und ich hab' ihm das geglaubt.«

»Man sollte die geilen Kantoren bestrafen, die die Mädchen mit ihren Phantasien verwechseln. Man sollte die Kantoren, die Astrologen und die Poeten bestrafen. Sie sind nutzlose und arrogante Wesen. Wahrscheinlich sind auch die Heiligen nutzlos.«

»Heilige kenne ich keine, heilig wird man nur, wenn man tot ist. Stell dir mal diese Teufelei vor: ein Heiliger weiß nicht, daß er einer ist, und kann seine Heiligkeit überhaupt nicht genießen. Der Papst weiß wenigstens, daß er Papst ist, und freut sich darüber. Ein Kardinal auch, aber der freut sich vielleicht ein bißchen weniger als ein Papst.«

»Ich glaube, daß das Leben der Kardinäle voll blauem Dunst und Eitelkeit ist. Aber vielleicht sind gerade der Dunst und die Eitelkeit die Mitte im Leben eines Kardinals.«

»Was für ein Dunst? Heute scheint doch die Sonne«, sagte das Mädchen.

»Die Sonne ist draußen am Himmel, aber in den Köpfen der Kardinäle ist eine Menge Dunst.«

»Warum sagst du das?«

»Weil das Leben in Rom erst durch die Kardinäle so schwierig geworden ist. Mit ihren Privilegien und ihrer Arroganz schaffen sie viel Verwirrung unter dem Himmel.«

»Du verachtest die Kardinäle, aber ich habe gehört, daß an allem, was in Rom passiert, der Papst schuld ist.«

»Wer sagt das?«

»Alle sagen das.«

»Der Papst vertritt Gott auf Erden, und auch wenn er Leo heißt, also Löwe, ist er schwach und krank und von Schulden erdrückt. Gott kümmert sich mehr um den Himmel als um die Erde, und er hat viel zu tun.«

»Und deshalb ist Rom ein großes Bordell. Aber vielleicht gefällt ihm das so.«

»Ich weiß nicht, ob Bordell das richtige Wort ist. Du bist sehr jung und es gibt viele Dinge, die du nicht verstehen kannst.«

»Ich bin jung und ein bißchen Hure. Ich verstehe vieles, wie alle Huren.«

Cosimo Rolando war verblüfft, aber seine Seele lächelte.

»Die Liebe ist ein Geschenk Gottes an die gesamte erschaffene Welt – auch die käufliche Liebe. In der Bibel kann man lesen, daß der Prophet Hosea, nach einer Eingebung Gottes, eine Prostituierte geheiratet hat.«

»Gott hat ihm wirklich geraten, eine Hure zu heiraten? Ist er verrückt?«

»So heißt es in der Bibel.«

»Der Arme. Und wie ist es weitergegangen?«

»Hosea hatte gehofft, sie zu erlösen, und dachte, daß die Heirat mit einem reinen Mann wie ihm sie dazu bekehren würde, ihr Leben zu ändern. Statt dessen hat sie weitergemacht als Prostituierte, und er hat sie verlassen.«

»Dann hat Gott ihm eben einen dummen Rat gegeben. Aber hast du nicht gesagt, daß Hosea ein Prophet war?«

»Hosea war ein Prophet.«

»Und wieso wußte er nicht, was ihm passieren würde?«

»Propheten sehen nur in die ferne Zukunft.«

»Ist diese Geschichte nun schon geschehen oder wird sie noch geschehen?«

»Vielleicht wird sie wieder geschehen.«

»Kann sie auch uns geschehen?« fragte Palmira.

»Ich bin kein Prophet.«

»Aber ich bin ein bißchen Hure, so wie die Frau vom Hosea.«

»Das ist eine Geschichte aus der Bibel. Da kommen wir nicht vor.«

»Um so besser.«

»Du hast mich nicht zu Ende erzählen lassen. Eines schönen Tages merkte Hosea, daß er nicht ohne sie leben konnte, und holte sie zurück und brachte sie in die Wüste. Da würde sie keine anderen Liebhaber finden. Und tatsächlich, in der Wüste lebten sie glücklich und zufrieden.«

»Ich will aber nicht in die Wüste.«

»Auch ich habe keine Berufung für die Wüste.«

»Wir bleiben doch in Rom?«

»Ja, aber ich kann dich nicht heiraten. Hosea war ein freier Mann, ich nicht. Die Kardinäle können sich alles erlauben, ich aber kann mir nur ab und zu eine Sünde gönnen.«

»Du bist ein Priester. Wir können nicht heiraten, aber wir können miteinander ins Bett gehn.«

Der Glatthai

Pier Paolo Pasolini

Romolé fuhr schnell in den Großmarkt hinein. Er trat kräftig auf die Pedale, ohne sich umzuschauen; wenn die Marktaufsicht hinter ihm hergerufen hätte, daß er seinen Ausweis vorzeigen solle, hätte er so getan, als hörte er nicht, denn wer ein sauberes Gewissen hat, das heißt, wer seinen Ausweis in der Tasche hat, dem fällt nicht so leicht ein, daß die Aufsicht ihn rufen könnte; nicht so schnell jedenfalls wie einem, der keinen hat.

Die Marktaufsicht sagte nichts, und Romolé fuhr auf das sonnenverbrannte Marktgelände. Er ging sofort in die Fischabteilung, um sich umzuschauen. Es herrschte eiliges Kommen und Gehen. In dem Mordslärm warteten die Händler zwischen Stapeln mit Kisten voller Fische auf ihre Kunden.

Romolé ging umher, schaute sich in aller Ruhe um.

Er war in guter Form heute, im Herzen fühlte er, daß ihn an diesem Morgen nichts von seinem Vorhaben abbringen würde.

Er trat näher an einen Händler heran.

Unter den Kisten befand sich in der letzten Reihe eine mit zwei großen Dorschen. Er nahm den Fisch in die

Hand, hob seine Kiemen an, um zu prüfen, ob er frisch war, hielt ihn sich an die Nase, um den Geruch genau zu kontrollieren; kurzum, er spielte den Pingeligen. Also betastete und beroch er die beiden Dorsche gründlich und legte sie dann wieder in die Kiste. Er zog die Kiste ein bißchen weiter nach hinten, etwa zwanzig Zentimeter, und stellte sich, immer noch naserümpfend, davor auf. Dann gab er ihr mit dem Absatz einen Stoß und ließ sie zwischen den anderen Kisten verschwinden.

Während er sich mit einem Kamm über das blonde Haarbüschel fuhr, das ihm fast bis zur Nase reichte, schob er sich, gelassen wie ein Fischhändler, der seinen Einkauf machen will, bis zur Waage vor, um sich zu vergewissern, daß niemand den Stoß bemerkt hatte.

Alles in Ordnung. Er näherte sich wieder der Kiste mit den zwei Dorschen und ließ den Kontrollabschnitt darauf fallen. Unbefangen wie vorher ergriff er dann die Kiste und zog mit ihr unter dem Arm ab, um sie draußen auf die Schubkarre eines Freundes zu legen, eines Fischverkäufers, dem er sofort die vereinbarten 50 Lire gab.

Dann ging er wieder in die Fischmarkthalle hinein.

Er machte noch zweimal seine Runde, um die Ware der anderen Fischhändler zu begutachten. Das Durcheinander und das Menschengedränge hatten zugenommen. Die Vormittagssonne glühte heiß.

Da fielen Romolettos Augen auf den Glatthai. Es war ein großer Glatthai und er wog vielleicht 15 oder 20 Kilo. Immer noch ganz unbefangen betrachtete er den Fisch und sah sofort, daß er nicht frisch war, ließ sich aber nichts anmerken und ging weiter, um andere Ware in den aufgereihten Kisten zu begutachten, kehrte dann zurück, ergriff den Glatthai und machte sich vorsichtig aus dem Staub.

Er versteckte den Fisch in einer der hinteren Ecken des Marktes, denn dieses Mal stand die Schubkarre nicht bereit. In diesem Moment kam ein Aufseher, um seine Runde in der Fischmarkthalle zu drehen, und Romoletto schlenderte pfeifend hinaus. Er holte sein Fahrrad, wickelte die Dorsche in Papier ein und band sie mit einer Schnur so am Sattel fest, daß sie nicht entdeckt werden konnten. Dann ging er wieder in die Fischmarkthalle hinein. Der Aufseher war immer noch da, aber Romoletto ging in aller Ruhe seinen Glatthai holen und spazierte mit dem Fisch unter dem Arm pfeifend vor den Augen des Aufsehers hinaus. Er pfiff, dachte aber mit Herzklopfen daran, daß er, so wie er hereingekommen war, auch wieder ohne Ausweis aus dem Großmarkt herauskommen mußte. Jetzt war das schwieriger, mit der Ware. Aber da fuhr ein Karren vor dem Fischmarkt vorbei. Schnell ließ Romolé den Hai darauf fallen, holte das Fahrrad und fuhr hinter ihm her: Zehn Minuten später waren er, die Dorsche und der Hai aus dem Großmarkt heraus. Er schnappte sich den Glatthai wieder vom Karren, verschnürte ihn mit den Dorschen auf dem Sattel und verschwand.

Er fuhr schnell, weil er mit sich zufrieden war. Es war schon später Vormittag, die Luft kochte und ganz Testaccio lag in glühender Hitze.

Eine Viertelstunde später war er an der Maranella. Die

Fischverkäufer bauten schon ihre Stände ab, er mußte sich beeilen: Romolé lief schnell zu einem befreundeten Händler, der bereits mit seiner Arbeit fertig war, um sich von ihm ein Tischchen zu leihen, kaufte zwei Bündel frische Blätter und legte die Ware ordentlich aus.

Die beiden Dorsche gingen sofort weg.

Es waren zwei schöne Dorsche, jeder zweieinhalb Kilo schwer, und Romolé machte 1200 Lire bei dem Geschäft. Jetzt blieb noch der Hai.

Romolé setzte große Hoffnungen auf den Fisch: er nahm ihn und zog ihm die Haut ab, denn er zweifelte nicht daran, daß er rot sein würde.

Aber er war schwarz, schwarz wie Pech; und stank furchtbar nach Ammoniak. Romolé raufte sich die Haare. Er war drauf und dran, ihn wegzuwerfen: Der Fisch sollte sein Gewissen nicht belasten; wer den aß, konnte dabei draufgehen. Aber er brauchte zu nötig Geld: Er senkte den Preis, schließlich war so ein Glatthai ein Fisch, mit dem die Leute sich nicht besonders gut auskannten.

Doch auch bei dem Preis gab es niemanden, der ihn kaufte: Die Leute kamen näher, berochen ihn und gingen weiter.

Romolettos Wut war schwärzer als der Fisch. Dann kam ihm eine Idee. Er lief zu einem Lammschlachter, kaufte bei ihm blutende Innereien, nahm sein Taschentuch und wickelte die blutigen Stücke darin ein. Mit dem Taschentuch, das er dabei auspresste, rieb er nun den Glatthai ein und färbte ihn überall rot. Er unterzog ihn einer sorgfältigen Behandlung, rieb auch gründlich alle Falten und Einkerbungen am Bauch ein. Am Ende war der Glatthai überall leuchtendrot, die Frische schlechthin.

Romolé schnitt ihn in zwei Teile und legte ihn zwischen das schöne Grün der beiden Blattbüschel.

Ja, aber der Gestank? Jetzt, wo sie ihn so schön und rot daliegen sahen, kamen die Leute her, aber nachdem sie sich den Fisch dann unter die Nase gehalten und den Ammoniakgestank gerochen hatten, gingen sie weg.

»N' schöner Glatthaaaiii!« Er war schön, aber er stank. Da kam ihm die zweite Idee. Er lief zwei verfaulte Zitronen holen und begann von neuem, den Hai bis in die Bauchgräte hinein damit abzusengen. Bis man den Gestank nicht mehr wahrnahm.

Jetzt konnte Romolé so viel schreien wie er wollte.

»N' schöner Glatthaaaiii!« brüllte er. »Nur für'n Vierer der Glatthai! Nu' guckt ma diese Herrlichkeit! Ich geb' euch pures Gold, geb' ich euch! Nur für'n Vierer der Glatthai!«

Die Leute fingen an, näherzukommen, und jemand kaufte. In kurzer Zeit verkaufte er dreihundert Gramm. Die Nachricht verbreitete sich auf dem Markt, und die Kunden drängelten sich um seinen Tisch. Nach einer halben Stunde war der ganze Hai verkauft; Romolé gab dem Jungen, der ihm das Tischchen geliehen hatte, einen Hunderter und machte sich auf der Straße nach Trastevere davon.

Motorisieren wir uns

Alberto Moravia

Warum eigentlich fällt einem, wenn man alleine ist, nichts anderes ein, als sich ein Mädchen zu suchen oder in aller Ruhe eine Zigarette zu rauchen und die neuesten Sportberichte zu lesen? Wenn man dagegen zu viert oder zu fünft ist, bekommt man sofort eine unbändige Lust, etwas zu unternehmen, einen Schlachtplan zu entwerfen oder, wenn man so will, eine Bande zu bilden. Es heißt, nur gemeinsam sei man stark. Schon möglich, ich will das gar nicht bestreiten; doch ich hätte es gerne, daß mir mal jemand erklärt, warum diese Stärke sich immer in derselben Richtung äußert, ich meine, daß man sich immer auf eine gewagte, gefährliche, ja sogar ungesetzliche Sache einläßt. Wenn wir jungen Burschen, alle so um die Achtzehn, uns auf den Wiesen bei der Via della Magliana trafen, tobte sich diese Stärke eine Zeitlang in bloßem Gerede aus: »Ich wäre glatt imstande, das und das zu machen.« »Bumm!« «Ich schwör' dir, ich krieg' das hin.« »Ich würde statt dessen lieber das und das machen.« »Ach, hör schon auf.« »Wetten, daß ich's tu'?« Dummes Geschwätz im Grunde, weiter nichts. Doch von dem Augenblick an, da Ugo, der Sohn einer Hebamme aus Monteverde, zu uns stieß, änderte sich alles. Schon rein äußerlich machte Ugo, mager, aber muskulös wie er war, mit hellen Augen und schmalem Mund, einen entschlossenen Eindruck. Wenn einer ihm auch nur ein bißchen widersprach, fiel er gleich aggressiv mit einem wilden Wortschwall über ihn her; und wenn der andere nicht nachgab, so fackelte er nicht lange und schlug einfach zu. Doch er schlug zu, ohne sich dabei zu echauffieren, mit offenen Augen, die Zigarette zwischen den Lippen, ganz methodisch. Ein ganz gerissener Fuchs, dieser Ugo.

Als wir eines Tages auf dem Tiberdamm saßen und wie gewöhnlich einer den anderen im Aufschneiden zu übertrumpfen versuchten, fuhr Ugo auf: »Wollen wir denn wirklich unser Leben damit verbringen, immer nur zu reden, statt endlich mal was zu unternehmen? Wir sind zu fünft, warum unternehmen wir nicht mal etwas?« Wir waren uns alle einig, daß wir tatsächlich endlich etwas unternehmen mußten. Und da erklärte uns Ugo, von den Worten zur Tat schreitend, seinen Plan kurz und bündig: Motorisieren wir uns: »Wir sitzen immer hier zwischen der Magliana, dem Bahnhof von Trastevere und Monteverde rum. Wir sind lahmgelegt, weil wir kein Fahrzeug haben. Sind wir erst einmal motorisiert, sieht die Sache schon anders aus. Doch jetzt müssen wir uns als erstes motorisieren.« Der Vorschlag fand Zustimmung, nicht zuletzt auch deshalb, weil wir alle Söhne armer Eltern waren und jeder von uns sich nichts sehnlicher wünschte als ein Motorfahrzeug. Doch wie sollten wir uns motorisieren? Ugo sagte sofort, bei den vielen Fahrzeugen, die es in Rom

gäbe, hätten wir ja wohl nicht die Qual der Wahl; und obwohl uns klar war, daß wählen in unserem Fall klauen bedeutete, widersprachen wir nicht.

Hinsichtlich der Wahl waren wir uns allerdings nicht
einig. Pasqualino, der älteste von uns, ein durchtriebener,
ruhiger Bursche, war für einen Motorroller: Jeder von uns
würde sich seinen eigenen organisieren, und dann würden
wir als Schwadron durch die Straßen brausen. Sergio, ein
kleiner Dunkelhaariger, Sohn eines Scherenschleifers, be-
geisterungsfähig und phantasievoll, schlug dagegen einen
jener amerikanischen Straßenkreuzer vor, wie man sie in
der Via Veneto sieht: Das wurde sofort abgelehnt, schon
allein wegen der Unterhaltskosten. Ich schwieg, denn, ehrlich gesagt, ich konnte die wahre Bedeutung des Wortes
»Wahl« nicht vergessen. Gigi, der Ugos Sklave war, schrie
darauf eifrig: »Lassen wir unseren Chef doch sprechen.«
Ugo hatte sich bis dahin verächtlich herausgehalten. Er
trat vor und sagte seine Meinung: Was wir bräuchten, sei
ein ganz normaler Kleinwagen und zwar aus zwei Gründen, ein Kleinwagen sei schwer wiederzuerkennen, weil sie
alle gleich aussehen, und hätte nur einen geringen Benzin-
verbrauch. Pasqualino blieb jedoch hartnäckig: »Dann
machen wir es doch so: Ich nehm' einen Motorroller, und
ihr nehmt einen Kleinwagen. Ihr seid ja schon zu viert, da
ist für mich sowieso kein Platz mehr.« Ugo machte ihn
ganz ruhig fertig: »Das könnte dir so passen, mein Lieber,
daß wir das ganze Risiko auf uns nehmen und du mit ein
bißchen Geschimpfe von seiten deines Schwagers davon-
kommst, was?« »Wie meinst du das?« »Glaubst du etwa,

38

ich wüßte nicht, daß dein Schwager einen Motorroller hat? Du organisierst ihn dir sozusagen in der Familie.« »Aber ich ...« »Schnauze: Hier befehle ich. Kapiert?« Kurz und gut, Pasqualino ließ den Kopf sinken, und wir einigten uns auf einen Kleinwagen.

Am nächsten Tag herrschte genau das richtige Wetter: Es war kalt, aber die Sonne schien, und der Himmel war blau, so weit das Auge reichte, und am Horizont wurde er rosa: ein wolkenloser Himmel, der anhaltend schönes Wetter versprach. Was das Organisieren betraf, so hatten wir Glück: In einer einsamen Allee der Expo 42 hielt ein grauer Kleinwagen, aus dem ein junger Mann und ein Mädchen ausstiegen, die sich sofort in die Büsche schlugen und ein geschütztes Plätzchen suchten. »Los, Jungs, die haben nur die Liebe im Kopf und merken nichts«, feuerte Ugo uns an und kam als erster hinter dem Strauch hervor, hinter dem wir uns auf die Lauer gelegt hatten. Er lief als erster hin, stieg ein und winkte uns. Wir stürzten sofort los und drängten uns alle zugleich durch die vier Wagentüren in das Auto. Ugo ließ den Motor an, und der Wagen fuhr los.

Als erstes fuhren wir kreuz und quer durch Rom, ein Vergnügen, das wir uns nie hatten leisten können, es sei denn mit dem Bus oder der Straßenbahn. Wir mußten versuchen, es jedem recht zu machen, denn Pasqualino wollte das Foro Italico sehen, Sergio den Petersdom und das Kolosseum, Gigi die Via Veneto und Ugo, wer weiß warum, den Bahnhof. Das kannten wir zwar alles schon; doch zu Fuß ist es eben etwas anderes als mit dem Auto. Während der Wagen wie eine Rakete von einem Ende Roms zum anderen sauste und wir drinnen zusammengequetscht halb aufeinandersaßen, hatte uns eine unbeschreibliche Fröhlichkeit gepackt: Das Geblödel, Geschubse und Geschrei nahm kein Ende. Vor allem machten wir uns über Sergio lustig, der, wie wir feststellten, wohl der einzige war, der Rom kaum kannte; ja, man kann sogar sagen, er war nie aus seinem Viertel herausgekommen. Beim Petersdom beispielsweise machte Ugo ihm allen Ernstes weis, die Kirche sei so groß gebaut worden, damit alle Römer in ihr Platz hätten, keiner mehr und keiner weniger, einer neben dem anderen stehend; und Sergio glaubte es ihm. »Und die Fremden«, fragte er dann, mißtrauisch geworden. »Die stehen alle auf dem Platz vor der Kirche; ist doch klar, schließlich sind sie keine Römer.« Wir fuhren kreuz und quer über den Petersplatz, zwischen den mächtigen Säulen, über das Pflaster, das wie eine Wüste aussah, und fuhren darauf direkt zum Kolosseum, nicht ohne allerdings einen Augenblick an der Aussichtsterrasse des Gianicolo haltzumachen, wo Ugo, der Rom wie seine Westentasche kannte, uns das Denkmal des Vittorio Emanuele, die Engelsburg und, direkt unter uns, das Gefängnis Regina Coeli zeigte.

Nach dem Kolosseum entspann sich jedoch eine Diskussion zwischen Sergio und Gigi, denn Sergio sagte, das Kolosseum sei schöner als der Petersdom, und Gigi wandte ein, vielleicht sei es einmal schöner gewesen, als es noch intakt war, aber jetzt, in diesem ruinierten Zustand, habe es gegen den Petersdom nicht die geringste Chance. Wir beendeten die Diskussion in der Via Veneto, durch die wir im Schrittempo fuhren, um all die Hotels und Cafés betrachten zu können. Ugo schlug sogar vor, auszusteigen und einen Espresso in einem jener Luxuslokale zu trinken, aber wir waren alle dagegen, aus den verschiedensten Gründen: In Wirklichkeit wußten wir, daß wir wie Bettler aussahen, und schämten uns. Der Bahnhof gefiel uns nicht; warum hatten sie das Vordach nur so krumm gemacht, daß es wie eine Schlange aussah? Vom Pincio aus hatten wir dieselbe Aussicht wie vom Gianicolo, allerdings ohne Regina Coeli. Das Foro Italico war eine Enttäuschung, all der weiße Marmor machte uns schaudern. Allerdings amüsierte es uns zu lesen, was die Bauerntölpel aus der Provinz auf die Schenkel der nackten Statuen im Stadion geschrieben hatten. »Ein Trottel, wer das liest«, war noch das Harmloseste; man macht sich keine Vorstellung davon, was die Leute so alles auf die Denkmäler schreiben. Kurz und gut, als wir wieder am Ponte Milvio waren, war es bereits Mittag vorbei; und da schlug Ugo vor: »Jetzt machen wir einen schönen Ausflug aufs Land.« Mit einem Freudengeheul stimmten wir zu.

Wir rasten die Via Flaminia entlang und überholten einen nach dem anderen die vielen Wagen, die in der Sonne fuhren. Doch Gigi hatte etwas gegen die Reklameschilder, die zu beiden Seiten der Straße entlang standen; am liebsten hätte er sie niedergerissen; und an einer einsamen Stelle zwang er uns schließlich, anzuhalten und auszusteigen, um die Reklame eines großen Warenhauses umzuwerfen, gegen die er einen besonderen Groll hegte: ein mannshoher Rosenstrauß, der von weitem aussah, als sei er aus Pappe. Doch vergebliche Liebesmüh: Als wir uns zu fünft daranmachten, ihn aus den Angeln zu heben, stellten wir fest, daß diese Rosen aus Eisen waren, jeder Strauß wog wohl an die zwei Zentner. Wir fuhren weiter, Kilometer um Kilometer, wir kamen jetzt durch offenes Land, und da fing Sergio an, mit seiner dünnen, aufdringlichen Stimme einen Haufen Fragen zu stellen: »Wenn wir immer so weiterfahren, wo kommen wir dann hin?« Und Ugo: »Na ja, wenn wir immer weiterfahren, kann man überallhin kommen.« »Nehmen wir an, wir fahren immer so weiter, würden wir dann nach Rußland kommen?« »Ich würde sagen ja.« »Und wie lange würden wir brauchen?« Darüber waren wir unterschiedlicher Meinung, der eine sagte einen Tag, der andere zwei, wieder ein anderer eine Woche. Sergio dachte nach und sagte dann: »Also, ich würde gerne immer weiterfahren bis nach Rußland. Oder nach Brasilien.« »Da sieht man mal wieder, daß du keine Ahnung hast«, sagte Ugo, »nach Brasilien kommst du nicht, da liegt das Meer dazwischen.« »Wer sagt denn das?« »Ich sag's dir: Um dorthin zu kommen, bräuchte man ein Auto, das auch über Wasser fahren kann.« »Und gibt es ein solches Auto?« »Nein, das gibt es nicht.« An diesem Punkt rief Pasqualino, und er gab damit der allgemeinen Stimmung Ausdruck: »Rußland hin und Brasilien her, ich hab' Hunger. Ich wär' schon zufrieden, wenn wir irgendein kleines Dorf erreichen würden und uns sofort zu Tisch setzen könnten.« »Da ist ja schon das Dorf«, sagte Ugo.

In der Tat: Vor uns lag Mentana. Mit seiner roten

Backsteinmauer und dem Tor mit den Säulen machte es einen vielversprechenden Eindruck; als wir jedoch drinnen waren, sahen wir, daß es ein absolut ödes Kaff war, der Platz lag wie ausgestorben da, nur ein paar in Mäntel eingemummelte Bauern saßen wie erstarrte Eidechsen in der Sonne. »Fahren wir weiter«, sagte Ugo. Wir verließen Mentana und fuhren in Richtung Monterotondo. In einer Kurve jedoch verliebte sich Sergio in einige kahle, tiefblaue Berge, die in der Ferne am Horizont zu sehen waren, auf deren Gipfel zwei oder drei Dörfer, Burgen gleich, klebten: »Fahren wir doch zu einem der Dörfer, ja, fahren wir dorthin, die sind bestimmt schön.« Ugo brummte, das seien Bergdörfer und es könne gut sein, daß wir dort nicht einmal aufgebackenes Brot bekämen. Doch um Sergio eine Freude zu machen, nahmen wir eine Nebenstraße, die sich, mal hinauf und mal hinunter, durch das Land zog. Wir fuhren und fuhren und kamen endlich am Fuß eines jener Berge zu einer Umgehungsstraße mit dem Schild: Palombara Sabina. Gigi, der der Sohn von einem war, der eine Wein- und Ölhandlung hatte, sagte, sein Vater beziehe aus jenem Dorf sein Öl. Und Pasqualino, sarkastisch: »Und den Wein, wo bezieht er den her? Aus dem Brunnen zum Fauligen Wasser etwa?« Es entspann sich ein Disput zwischen Gigi und Pasqualino; währenddessen fuhr der Wagen einen furchterregend steilen Hang hinauf, an schwarzen Berghütten vorbei über Pflastersteine, die höchstens für Esel taugten. Schließlich kamen wir auf einen sonnigen Platz, über den ein leichter, prickelnder Schneewind wehte, vor einer Brüstung, jenseits der nichts war als das Licht eines weiten Panoramas, das man nicht sehen konnte. Die Osteria lag wenige Schritte entfernt in einer Gasse; doch zunächst umringten wir Ugo, der zu uns sagte: »Wir haben nur wenig Geld. Tut, was ich euch sage, und ihr eßt umsonst.«

Zufällig hatte der Raum der Osteria eine Hintertür, die zu einer Treppe führte. Wir verabredeten, uns heimlich durch diese Tür zu verdrücken, und dachten dann nicht mehr daran, sondern widmeten uns ganz dem Essen. Essen? Daß ich nicht lache! Pasta mit säuerlicher Tomatensauce aus der Dose, Kotelett vom Milchkalb, der kleineren Schwester der Kuh, zwei Blätter Salat und hartes, halb ungebackenes, halb verbranntes Brot. Im Raum roch es muffig, an den verdreckten Fensterscheiben lebten noch die Sommerfliegen, und gegen die trübselige Stimmung half nur Trinken. Doch jener dunkle, schwere Wein hatte es in sich; denn wir vergaßen die Tür zur Treppe und verweilten zu lange, das Glas in der Hand, bei der Diskussion über das letzte Fußballspiel. Mit einem Mal stand der Junge in seiner weißen Jacke mit der Rechnung vor uns: vierhundert Lire pro Kopf. Wir ärgerten uns so sehr, daß auf der Rückfahrt nach Rom eine Weile keiner von uns den Mund aufmachte.

Wir waren jetzt alle ein wenig enttäuscht. Wir hatten uns zwar den Wagen organisiert; aber was hatten wir schon unternommen? Eine Stadtrundfahrt durch Rom und einen Ausflug nach Palombara Sabina. Genausogut hätten wir, wie Pasqualino sagte, der von Anfang an unzufrieden war, auch gleich ganz darauf verzichten können. Ugo

schwieg, aber es war sonnenklar, daß er spürte, daß seine
Autorität erschüttert war; und tatsächlich, etwa zwanzig
Kilometer vor Rom spielte er seine letzte Karte aus: die
Frauen. Am Straßenrand standen zwei Mädchen, zwei
Bäuerinnen mit roten Wangen und roten Händen, doch
städtisch gekleidet, mit riesigen, weiten Mänteln. Ugo hielt
an und sagte einladend: »Dürfen wir Sie mitnehmen,
meine Damen?« Eine von ihnen kam näher, und nachdem
sie ins Innere des Wagens geblickt hatte, lachte sie, wobei
sie ihr Zahnfleisch entblößte, und fragte: »Mitfahren würden wir schon, aber wo habt ihr denn noch Platz für uns?«
Sofort sprang Pasqualino, dem man ansah, daß er auf eine
solche Gelegenheit nur gewartet hatte, aus dem Wagen:
»Ich geh' sowieso, ich nehm' den Bus. Sie können meinen
Platz haben.« »Und vergiß ja nicht«, schrie Ugo hinter
ihm her, der seiner Abneigung Luft machen mußte, »dei-
ner Mama zu sagen, daß du brav gewesen bist, sag's ihr,
vergiß es nicht.« Kurz und gut, die beiden Mädchen stiegen ein, und ein paar Kilometer lang gab es ein großes
Gelächter, weil es im Wagen ziemlich eng war und jene
Mädchen, zwei richtige stämmige und schwere Bauern-
trampel, uns fast erstickten, wenn sie mit ihren fülligen
Mänteln auf uns fielen. Mittlerweile war es dunkel, und
vielleicht gelang es Ugo, weil der Wagen so vollgepropft
war, nicht zu bremsen, als ein Schatten vor ihm auf-
tauchte: Er fuhr zu schnell. Er riß den Wagen zur Seite,
und auch der Schatten ging zur Seite, als wollte er ihm den
Weg versperren. Ugo konnte ihm nur zum Teil auswei-
chen und streifte ihn, und dann rutschte der Wagen in

den Straßengraben, kippte auf die Seite und blieb mit den Rädern in der Luft liegen.

Wir sprangen alle hinaus, auch die Mädchen. Der Schatten war ein kleines untersetztes, altes Männchen mit schwarzem Schlapphut und einer großen Weinflasche, die er fest an die Brust drückte: Er hatte einen Stoß mit dem Kotflügel bekommen, die Flasche hatte er jedoch nicht losgelassen. Er sprach im venezianischen Dialekt, der kaum zu verstehen war, weil er obendrein auch stockbesoffen war. Während wir ihn, empört über soviel Fahrlässigkeit, beschimpften, ertönte ein Schrei von Sergio: »Ugo ist abgehauen.« Ugo war tätsächlich abgehauen: Er hatte die allgemeine Verwirrung ausgenutzt, war über die Hecke gesprungen und über die Felder verschwunden. Als ich nun sah, daß bereits ein paar Wagen anhielten, um zu sehen, was los war, dachte ich, daß keine Minute zu verlieren war, wenn wir nicht im Gefängnis landen wollten; und einer plötzlichen Eingebung folgend, sagte ich zu den Mädchen: »Ihr beide bleibt hier und paßt auf den Wagen auf … Wir drei gehen inzwischen zu einer Autowerkstatt und kehren mit dem Abschleppwagen zurück, um ihn herauszuziehen.« Den Ärmsten blieb nicht einmal Zeit, auch nur ein Wort zu sagen: Wir machten uns eilig aus dem Staub, nicht ohne bittere Kommentare über Ugos Verrat. Zwei Kilometer weiter nahmen wir den Bus und waren kurze Zeit später in Rom.

Am nächsten Tag ließen Ugo und Pasqualino sich nicht blicken, Gigi hatte Grippe, und Sergio und ich, wir nahmen, wenn auch zitternd, unseren ganzen Mut zusammen und kauften eine Zeitung. Tja, gewisse Dinge lohnen sich einfach nicht. Eine ganz kurze Notiz, zwei Zeilen nur, berichtete, daß ein Wagen, der am Morgen auf dem Gelände der Expo 42 gestohlen worden sei, am Abend auf der Flaminia wiederaufgefunden worden sei. Aus, Schluß: kein einziges Wort über den Zusammenstoß. Diese letzte Enttäuschung gab uns den Rest. Seitdem bilden wir keine Bande mehr. Manchmal treffe ich mich mit Sergio, und wir gehen zusammen ins Kino.

Erinnerungen einer Diebin

Dacia Maraini

Ich habe den Bus genommen und bin nach Rom gefahren. In Rom fing ich an, mir das Hirn zu zermartern. Wohin gehe ich jetzt? fragte ich mich. Ich muß zu irgend jemand gehen, wo schlafe ich sonst heute nacht? An Geld besaß ich dreitausend Lire, die mein Bruder mir gegeben hatte, weiter nichts.

Also gehe ich zur Piazza Vittorio, wo sich alle Diebe aufhielten, mit denen ich befreundet war. Unterwegs baut sich ein Kerl vom Land vor mir auf. Es gab in der Gegend viele solche Kerle, die dort herumlungerten und eine Frau suchten.

Er sagt: Na, wie wär's heute abend mit uns beiden? Ich geb dir das und das dafür! Ich sage: Ja gut, aber erst gehen wir essen, ich habe noch nicht zu Abend gegessen.

Aber natürlich, sofort! sagt er, um zu zeigen, wie großzügig er ist. Wir gehen in eine Trattoria, und ich lange tüchtig zu: als Vorspeise Oliven und Schinken, dann Spaghetti Bolognese, ein vier Finger dickes Steak, Spinat in Buttersoße, Salat, Schokoladenkuchen, Obst und Kaffee.

Als ich mit essen fertig bin, sage ich: Entschuldige

mich einen Augenblick, ich sehe kurz draußen nach, ob meine Freundin gekommen ist; wir haben uns genau hier vor diesem Lokal verabredet.

Er sagt: Gut, ich warte, aber beeil Dich! Ich habe solche Lust zu bumsen und kann mich kaum noch halten. Ich antworte: Ja, ja, gleich. Dann bin ich aufgestanden, bin ganz langsam hinausgegangen, als wäre nichts, und draußen bin ich losgerannt.

Ich habe gegessen und getrunken und bin verduftet. Ich hatte keine Lust, mit diesem Bauerntölpel zu schlafen. Er war häßlich, grob. Aber er hatte Geld. Denn er bestellte die Gerichte beim Kellner wie ein reicher Pinkel. Kaum leerte sich mein Glas, schrie er: Noch einen Wein, elendes Gesindel! Wenn ihr nicht sofort Wein bringt, schlage ich alles kurz und klein! Möchtest du noch Wein? Möchtest du einen Likör? Was möchtest du noch? sagte er zu mir, und während er bestellte, wollte er, daß der Chef persönlich und mindestens zwei Kellner um unseren Tisch herumstanden. Es muß ein Pferdehändler gewesen sein. Der wartet heute noch auf mich, der Flegel!

Kurzum, wegen Nello mußte ich den Kreuzweg wieder von vorn beginnen, wieder auf die Rolle, weil dieser Bruder sich in die Neapolitanerin verliebt hat und mich nicht mehr wollte. Es ist eben mein Schicksal, mich immer mit diesen bösartigen Weibern herumzuschlagen.

Ich fand dann ein Zimmer in der Nähe des Acquario, bei einer alten Wirtin, und bezahlte hundertfünfzig Lire pro Tag, das weiß ich noch. Es kam mir sehr teuer vor! Es war 1946 oder 47. Ich kannte kaum Leute in Rom. Egle gab es noch, aber sie war umgezogen. Sie hatte mit dem Zimmervermieten Geld gemacht und sich eine größere, bequemere Wohnung genommen. Und ich zog durch die Gegend und schloß neue Freundschaften.

Eines Tages treffe ich eine Freundin meines Mannes, ein schönes, schwarzhaariges Mädchen. Komm mit, sagt sie zu mir, ich stelle dich den Freunden vor. Und sie nimmt mich zur Bar Bengasi in der Via Gioberti mit. Dort war der Treffpunkt all der Frauen, die sich verkauften.

Ich setze mich zu ihnen. Diese Freundin sprach mit mir. Sie erzählte, sie habe Sisto wiedergesehen, er habe sich verändert, sei häuslich geworden und treibe sich nicht mehr mit Nutten herum.

Während wir uns unterhielten, hörte ich, wie die anderen sagten: Wer ist denn die? Was macht sie? Sie wollten wissen, wer ich war, woher ich kam. Ich sagte: Ich stamme aus Anzio und war wegen Diebstahl ein Jahr im Knast. Wir haben uns sofort angefreundet, und sie boten mir zu trinken und zu rauchen an.

Alle diese Frauen hatten einen festen Freund. Sie waren gut gekleidet, trugen goldene Uhren und goldene Ringe, Mäntel mit Pelzkragen, hochhackige Schuhe, hatten aufgedonnerte Frisuren. Die armseligste war ich mit meinem schäbigen schwarzen Kleidchen und den alten, schon dreißigmal besohlten Schuhen. Ich fühlte mich minderwertig.

Der Freund einer dieser Frauen sagt zu mir: Ah, du bist aus Anzio und heißt Numa? Ich kenne deinen Bruder. Wir haben viele Jahre zusammen gesessen. Dein Bruder,

der Kommunist mit dem roten Halstuch, der sang im Knast immer, nicht zum Aushalten! Ah, sagt er, du bist also die Schwester von Orlando Numa! Ausgezeichnet! Komm, ich stell dich ein paar Freundinnen vor.

Er stellt mir also die Frauen vor und sagt: Die sind keine *ragazze di vita*, wir sind auf Taschendiebstahl spezialisiert. Wenn du mitmachen willst, warte an der Haltestelle der 12 auf uns, wir geben dir was ab, du brauchst nur die Brieftaschen fortzuschaffen, die wir dir rüberschieben. Falls dir aber einer nachgeht, mußt du die Straßenseite wechseln und losrennen. Abends treffen wir uns dann wieder hier in der Bar.

Ich sagte: Ja, ja. Aber ich hatte Angst. Ich sagte immer ja, ging jeden Tag in die Bar Bengasi, trank einen Kaffee rauchte eine Zigarette und unterhielt mich mit den Taschendiebinnen. Ich tat so, als wäre ich ganz ruhig, fürchtete mich vor nichts, wäre zur Tat bereit. Aber ich zögerte es immer hinaus, weil ich Angst hatte. Ich sagte: Morgen komme ich mit. Aber dann ging ich einfach nicht hin und erfand eine Ausrede, daß mir schlecht gewesen wäre oder ich zu tun gehabt hätte. Ich hatte keine Lust, wieder in den Knast zu kommen.

Diese Frauen schickten mich in eine Pension, wo ich weniger zahlte und wo es sogar heißes Wasser gab. In dieser Pension wohnten die *ragazze di vita.* Sie schliefen tagsüber, weil sie nachts arbeiteten. Und nachts, wenn sie nicht da waren, hörte ich ständig Paare kommen und gehen. Die Wirtin vermietete die Betten stundenweise.

Diese Lebedamen sagten zu mir: Warum machst du's

nicht wie wir? Wir verdienen Geld, wir schaffen an, und du sitzt herum und tust nichts, was soll das? Du bist noch jung, hast eine gute Figur, du kannst genausogut Geld verdienen wie wir, oder?

Ich sage: Hör zu, stehlen, laufen, springen, mit flinken Fingern die Sachen verschwinden lassen, das mach ich gerne; aber mit Männern, nein, das schaffe ich nicht. Dazu bin ich zu nervös. Wenn mir einer gefällt, ist mir alles recht, wenn mir einer aber auch nur ein bißchen auf den Wecker geht, bin ich fähig, ihn zu verprügeln. Sie sagen: Meine Güte, wie du dich zierst! Diese Männer bezahlen, du machst die Augen zu, beißt die Zähne zusammen, und dann kassierst du. Es ist eine Frage von wenigen Minuten. Was juckt dich das?

Ich sage: Wenn es darum geht, was abzustauben, bin ich dabei, aber einem schönzutun, den ich gar nicht kenne, paßt mir nicht, das ist stärker als ich. Ich gehe nur mit denen, die mir gefallen, und Schluß.

Tatsächlich habe ich mich dann mit diesen Langfingern zusammengetan, habe alle Abstauber der Gegend kennengelernt, und zusammen gingen wir klauen, wir waren gut, blitzschnell, sie faßten uns nie.

Ich mußte schließlich miteinsteigen, weil mir das Geld ausgegangen war und ich schon seit zwei Wochen auf Pump lebte. Morgen komme ich auf jeden Fall mit, sage ich. Und so habe ich es dann auch gemacht.

Das erste Mal nehmen sie mich zu einer Villa unterhalb von Castelgandolfo mit. Ich sage: Was wollen wir hier? Und sie: Wir müssen ein Auto klauen. Aber, sage ich, ist denn niemand in der Villa? Doch, sagen sie, es sind Leute drin, aber wir machen ganz leise, sie dürfen nichts merken.

Wir haben also das Auto geknackt, ein kleines, ziemlich schrottreifes Auto, das aber noch sehr gut fuhr. Mit diesem Auto sind wir nach Frascati gefahren, um in einer Trattoria zu klauen. Nach dem Diebstahl haben wir das Auto irgendwo auf der Straße stehengelassen und sind jeder für sich mit der Straßenbahn zurückgefahren.

Am Abend haben wir uns in der Bar Bengasi wiedergetroffen. Ich sage: Also, wieviel steht mir zu? Du kriegst weniger als die anderen, sagen sie, weil du neu bist und noch nicht viel kannst. Und so wurde es gemacht. Sie, die zu dritt waren, haben alles genau gleich geteilt, und ich bekam nur die Hälfte.

Wir legten es auf die Kassen in den Osterien an. Ich mußte machen, was der Capo sagte. Ihm, diesem Amedeo, war ich unterstellt. Er sagte: Du und er, ihr geht rein, wie Gäste, setzt euch an einen Tisch, bestellt, eßt zwei belegte Brötchen, trinkt ein Bier dazu. Dann komme ich rein und tu so, als wäre ich allein, setze mich an einen anderen Tisch. Ihr tut so, als wärt ihr Mann und Frau oder ein Liebespaar, haltet Händchen. Ich sitze woanders, ihr kennt mich gar nicht.

So machten wir es dann. Wir gingen in die Trattorien, lauter gute Lokale, mit gutem Essen, gegen halb drei, drei, wenn wenig Leute da waren. Wir aßen, bezahlten und warteten auf den richtigen Augenblick.

Wenn wir sahen, daß der Wirt in die Küche ging,

machte ich dem Capo ein Zeichen, und er legte los. Kam der Wirt sofort wieder zurück, bedeutete ich ihm mit einem Finger, noch zu warten.

Wenn ich aber sah, daß der Wirt in der Küche so richtig am Werkeln war, mit der Köchin stritt oder die Teller füllte, machte ich ihm wieder ein Zeichen. Dann stand er geräuschlos auf, ging auf Zehenspitzen zur Kasse hinter der Theke, schnappte sich das Geld und haute ab.

Zwei Minuten später gingen wir auch hinaus. Bezahlt hatten wir ja schon. Wir sagten: Auf Wiedersehen! Und weg waren wir. Um die Ecke wartete Amedeo im Auto auf uns, und wir rasten los.

Manchmal erwischten wir viel, manchmal wenig. Alles, was wir zusammenbrachten, teilten wir durch drei. Ich bekam immer die Hälfte eines Drittels, weil ich noch Anfängerin war. Aber ich war trotzdem zufrieden, weil ich ein bißchen Geld sah.

Zwei bis drei Trattorien klapperten wir pro Tag ab, fuhren nach Ciampino, nach Tivoli, zu den Castelli. Wir hatten uns gut aufeinander eingespielt, arbeiteten erfolgreich.

Sowie ich etwas Geld einnahm, ging ich in die Bar Bengasi und revanchierte mich bei den *ragazze di vita* für den Kaffee, den sie mir bezahlt hatten, als ich noch arm war. Ich warf alles raus, spendierte ihnen Kaffee, Kuchen, Zigaretten. Und dann saß ich wieder auf dem Trockenen und ließ mich zwei oder drei Tage lang nicht sehen.

Eines Morgens gehe ich zum verabredeten Treffpunkt, und Amedeo sagt zu mir: Wir haben uns eine andere

Arbeit ausgedacht; die Trattorien in der Umgegend haben wir inzwischen alle abgegrast.

Ich sage: Was für eine Arbeit?

Er sagt: Eine Arbeit in einem Stofflager. Wir müssen einen Rolladen knacken, aber das geht leicht, er ist schon alt und halb verrottet, dann verfrachten wir die Stoffballen in einen Lieferwagen und verkaufen sie.

Ich sage: Wo ist dieser Laden denn? Er sagt: Die einzige Gefahr ist der Nachtwächter. Wenn du den Nachtwächter siehst, mußt du so tun, als würdest du mit Giovanni, deinem Arbeitskollegen, herumknutschen. Ihr müßt euch eng umschlungen an die Mauer lehnen.

Ich sage: Gut, kapiert, wann soll es losgehen? Ich tat selbstsicher, aber mein Herz raste wie ein Kreisel.

Seine Freundin Clara hörte uns zu. Sie hatte diesen Amedeo gern, aber zum Klauen kam sie nie mit. Sie ging nie auf den Strich. Mich sah sie scheel an, weil ich immer mit Amedeo zusammensteckte, sie war mißtrauisch, ein bißchen eifersüchtig, und ließ uns nicht aus den Augen.

Amedeo sagt: Also paß auf, wenn dich die Polizei anhalten sollte, weißt du von nichts, mich kennst du sowieso nicht und von Giovanni weißt du nicht einmal den Namen, kapiert?

Aber, sage ich, wenn sie Giovanni und mich eng umschlungen vorfinden? Er sagt: Wenn sie euch beim Knutschen überraschen, mußt du sagen, daß du ihn auf der Straße getroffen hast, daß er dir gefallen hat und du mit ihm anbändeln wolltest.

So brachte er mir bei, wie ich mich zu verhalten hatte.

Und wenn du nicht machst, was ich dir sage, bringe ich dich um, sagte er. Er war aufbrausend, drohte, aber böse war er nicht. Ich kam gut mit ihm aus. Er war ein ziemlich gerechter Capo.

Also nehmen wir an dem Tag die Stoffe aufs Korn; es war ein Montag. Am Abend davor hatten wir einen nagelneuen dunkelblauen Lieferwagen geklaut. Wir halten vor dem Laden an. Amedeo versucht, das Vorhängeschloß aufzubrechen, schafft es aber nicht. Daraufhin macht er mit Brecheisen und Hammer ein Loch in den Rolladen. Giovanni geht rein und reicht Amedeo die Stoffballen heraus, und der lädt sie in den Lieferwagen ein. Alles schnell, alles wie vorgesehen, alles lautlos. Die Straße war leer, kein Mensch weit und breit. Ich stand an der Ecke Schmiere.

Während sie die letzten beiden Stoffballen einladen und der Lieferwagen schon abfahrbereit mit laufendem Motor dasteht, kommt die Polizei. Ein Streifenwagen, der zufällig vorbeifuhr. Die Bullen haben uns gesehen, und einer sagt zu mir: Was machst du hier? Ich sage: Ich habe einen getroffen, der mit mir ins Bett gehen wollte, wir haben eine Weile geredet, aber ich konnte mich nicht entscheiden und bin doch nicht mitgegangen.

Er sagt: Wie heißt der Kerl? Ich sage: Weiß ich nicht, ich kenne ihn nicht, ich bin ihm auf der Straße begegnet, nur so. Er sagt: Das gibt's doch nicht! Du lügst. Ich sage: Herr Polizist, es ist wirklich wahr, ich schwör's!

Inzwischen sind Giovanni und Amedeo abgehauen und haben mich in den Händen dieser Blutsauger zurückgelassen. Die sehen das Loch im Rolladen, stellen den

Diebstahl fest und nehmen mich, da sie keine Täter finden, unter dem Verdacht der Komplizenschaft mit auf die Wache.

Um zwei Uhr nachts bin ich also auf dem Polizeirevier. Sie sagen zu mir: Weißt du, daß sie im Nebenzimmer sitzen? Wir haben sie festgenommen, sie haben schon gestanden und deinen Namen genannt, Teresa. Ich sage: Na gut, ich heiße Teresa, das habe ich dem Typen gleich gesagt, als ich ihn kennenlernte, aber ich weiß nicht, wer die zwei sind, ich kenne sie nicht. Er sagt: Paß auf, wir wissen, daß du sie kennst, und du mußt uns sagen, wie sie heißen.

Ich sage: Warum fragt ihr mich nach ihren Namen, wenn ihr sie schon geschnappt habt? Daraufhin sind sie wütend geworden. Der Vizekommissar, ein kahlköpfiger Kerl, dem vor Müdigkeit fast die Augen zufielen, fing an zu brüllen. Dann hat er gesagt: Du kommst hier nicht mehr raus, Ehrenwort!

Kurz und gut, erst im guten, dann im bösen versuchten sie, die Namen aus mir herauszupressen. Ich sagte: Ich weiß nichts. Er sagte: Lügnerin! Sag uns die Namen, dann lassen wir dich sofort gehen. Aber ich sagte nichts.

Da haben sie mich gepackt, mir einen Stoß gegeben und mich zu Boden geworfen. Das ist für dich, widerliche Nutte! sagt einer, während er mich am Kragen wieder hochzieht und gegen die Wand knallt. Da hast du's, du gottverdammte Hure!

Er war groß und breit, hatte Hände wie zwei Schaufeln. Er hat mich fix und fertig gemacht. Aber ich hielt den Mund. Irgendwann hatten sie es satt. Sie nahmen mich und schlossen mich in einem schwarzen Loch ohne Fenster ein.

Da drinnen gab es große, haarige Ratten, die an mir hochsprangen. Um sie loszuwerden, zappelte ich ständig hin und her. Es war das Gefängnis von Sette Sale, auf dem Colle Oppio.

Morgens holen sie mich wieder ab. Also, sagt einer, hast du drüber nachgedacht? Kennst du sie? Ich sage: Nein, ich kenne sie nicht. Er sagt: Wenn du uns die Namen nicht sagst, kriegst du ein Jahr.

Daraufhin erfinde ich zwei Namen. Ich glaube, sie heißen Franco und Nicola, sage ich. Er sagt: Und die Nachnamen? Ich sage: Die weiß ich nicht. Und so haben sie mich wieder in dieses Loch geworfen, wo man kaum Luft bekam.

Sie haben mich vier Tage da drinnen gelassen, immer im Dunkeln zwischen lauter Ratten. Wenn sie mir zu essen brachten, war es ein Kampf, weil diese Biester mir das Zeug aus den Händen reißen wollten. Plötzlich saßen sie unter meinem Arm, auf der Brust.

Dann stellte ich mich auf die Pritsche, so daß der Körper die Wand nicht berührte, und aß rasch auf, wobei ich mit den Füßen, bumm, bumm, auf das Holz aufstampfte, um die Viecher zu verscheuchen.

Ab und zu holten sie mich raus und fragten immer das gleiche. Aber sie brachten nichts aus mir heraus. Beweise haben sie sowieso nicht, sagte ich mir, sie müssen mich irgendwann rauslassen. Aber sie waren hartnäckig, und je mehr ich leugnete, um so mehr drängten sie.

Nach vier Tagen hatten sie es endlich satt. Total kaputt, todmüde, halb verhungert und voller Flöhe schickten sie mich weg. Frierend und schmutzig kam ich raus. Ich war ganz schwarz vor Dreck, stank schlimmer als ein Vieh. Zum Glück haben sie mir die Tasche mit dem Geld drin zurückgegeben: Es waren meine letzten fünfhundert Lire.

Kaum stehe ich auf der Straße, sehe ich mich um. Das Licht tat mir weh nach all der Dunkelheit, ich konnte kaum die Augen offenhalten, so brannten sie. Daher habe ich mich ein bißchen auf das Brückengeländer bei den Anlagen gesetzt und gewartet.

Die Leute dachten, ich sei blind, weil ich schaute, aber nichts sah. Ein Stündchen habe ich so gewartet, dann habe ich mir gesagt: Wo gehe ich jetzt hin? Erst mal ins Bad, sonst falle ich noch in Ohnmacht vor Gestank.

Also machte ich mich auf den Weg zum öffentlichen Bad am Bahnhof. Ich ging wie betrunken. Als ich ankomme, finde ich alles herrlich, und es duftet wunderbar. Ich zahle, und sie geben mir ein schönes Badezimmer, ich kam mir vor wie im Paradies. Weiße Kacheln, heißes Wasser, Dampf, saubere Handtücher, Nelkenseife, alles da.

Ich ziehe mir das Kleid aus, die Unterhose, den Büstenhalter, wasche mir den Körper und den Kopf. Mit dieser Toilettenseife, die sie mir gegeben hatten, nehme ich eine feierliche Waschung an mir vor. Ich wasche sogar Höschen und BH, winde sie aus und ziehe sie naß wieder an.

Über all der Wascherei hatte ich nicht bemerkt, daß schon über zwei Stunden vergangen waren. Auf einmal höre ich eine Stimme: Ist Ihnen nicht gut, Signorina? Doch, doch, sage ich, danke, es geht mir ausgezeichnet, ich wasche mich. Die Stimme sagt: Beeilen Sie sich, es warten schon ein paar Leute. Aber ich habe mich nicht darum gekümmert. Ich habe die Wanne ausgewischt, frisches Wasser eingelassen und mich noch einmal hineingelegt. Ich fühlte mich so wohl in diesem Wasser, daß ich gedacht habe: Hier verbringe ich die Nacht! Ich schlafe einfach ein, dann sollen sie sehen, wo sie bleiben! Aber die Badefrau drängte und drängte. Zum Schluß mußte ich ganz naß herauskommen, die tropfenden Kleider am Leib, und bin rasch in die Sonne gelaufen, um mich zu trocknen.

Meine Liebesgeschichte begann mit einem langen
Spaziergang, der einer langen Ansprache glich

Luigi Malerba

Als ich zum ersten Mal in die Turnhalle an der Via
Cicerone trat, war ich von der Idee des Gesanges so erfüllt,
daß ich die Gesichter der Chorsänger so wenig sah wie die
Turnhalle. Mein Blick war immer nach oben gerichtet,
obwohl oben nur die Decke war. Erst später gewöhnte ich
mich daran, die Leute voneinander zu unterscheiden und
während der kurzen Pausen, die zwischen zwei Übungen
eingeschaltet wurden, die Namen einiger Chorsänger
kennenzulernen. Es ist deshalb nicht auszuschließen, daß
Miriam schon vor jenem denkwürdigen Donnerstag, an
dem ich sie kennenlernte, anwesend war. An jenem Abend
(man sang den *Rex Pacificus* von Palestrina, eine Motette
mit sechs Stimmen) hatte ich wegen des geistigen Gesangs
Verwirrung gestiftet. Die Bilder meiner Erinnerung sind
wirr: ich streite mit Furio Stella, die Chorsänger verlieren
sich in Kommentaren, der Meister ruft mich vom Podium
aus zur Ordnung, Miriam zu meiner Rechten neben der
Sapienzi (die Sapienzi lacht), und das Neonlicht flimmer-
te an jenem Abend über den Stukkatursimsen. Miriam
schaute mich an und bewunderte mich wahrscheinlich,
während alle ihre Kommentare machten und die Sapienzi

weiterlachte und dann plötzlich allein zu singen begann. Die Lektion hörte nach meinem Wortwechsel mit dem Meister vorzeitig auf.

Während ich die Treppe hinunterging, hörte ich hinter mir die Schritte von ihr, von Miriam, die den andern vorauslief. Ich fragte sie einfach, wohin gehst du. Das Mädchen machte ein Zeichen in einer Richtung. Ich auch, sagte ich. Es war schon etwas wie ein Einverständnis zwischen uns oder es schien mir wenigstens, als ob es so sei, und wenn es nicht so war, so hätte es doch sehr gut so sein können.

Ich machte mit Miriam, einem Einfall von mir folgend, einen schweigenden Rundgang um die Engelsburg. Auch wenn die Burg als römisches Grabmal entstanden ist, wird sie heute von jedermann als mittelalterliche Festung betrachtet. Eine Festung erobert man durch Belagerung; diesen Gedanken mußte ich auf Miriam übertragen, die Idee der Belagerung und Eroberung. Es ist ein sehr großer Unterschied, ob man die Dinge einfach sagt oder ob man sie durch Anspielung mittels eines natürlichen Einverständnisses zu verstehen gibt. Sich ohne Worte, schweigend, durch die Magie der Dinge verständlich machen, ist eine Kunst. Gewisse Dinge scheinen absichtlich dazu erfunden zu sein, sie sind da und reden, und es genügt, sie zum Reden zu bringen. Man kann ein Schloß, eine Straße, eine Mauer, einen Baum zum Reden bringen. Miriam ging neben mir und sagte nichts, es war nicht nötig, etwas zu sagen.

Wir überquerten die Engelsbrücke mit den berühmten

Statuen. Es ist eine schmale Brücke, und wenn der Tiber Hochwasser hat, so reicht das Wasser fast bis zu den Brückenbogen. Mit einer Frau über eine Brücke gehen ist kein Abenteuer, aber es vermittelt die Idee des Abenteuers. Zwei Menschen (Miriam und ich) fühlen sich näher, wenn sie über eine Brücke gehen, als wenn sie auf einer Straße gehen oder einen Platz überqueren. Vielleicht hätte ich etwas sagen und mir mit Worten helfen können, aber es gibt nicht nur Worte auf dieser Welt. Meine Liebesgeschichte begann mit einem langen Spaziergang, der einer langen Ansprache glich, während die Autos rasch wie Autos vorbeiflitzten und die Passanten uns nicht einmal anschauten, so wie man Unbekannte nicht anschaut; denn Miriam und ich waren Unbekannte für die Passanten, die vorbeigingen, ohne uns anzuschauen.

Wir gingen durch die ganze Via Giulia. Hier spazierten im 17. Jahrhundert die Päpste, und die großen Kurtisanen hatten hier ihre Wohnungen und Häuser. Auch die Kardinäle. San Filippo Neri, San Biagio della Pagnotta und Santa Maria dell'Orazione überwachten den Spaziergang aus den Nischen ihrer Kirchen. Die Via Giulia ist eine gerade Straße und ungefähr einen Kilometer lang. Ein Papst weihte sie zu Anfang des 16. Jahrhunderts ein, und sie ist während viereinhalb Jahrhunderten unverändert geblieben, das ist eine sehr lange Zeit. Es drängte uns, in der Mitte der Straße zu gehen wie das Wasser im Bett eines Flusses, weil es in der Via Giulia keine Gehsteige gibt und die Straße sich gegen die Mitte neigt. Miriam schien die Sprache dieser langen (1 km) und geraden Straße, die wie eine lange Liebeserklärung war, vollkommen zu verstehen. Es ging nicht nur um ein Abenteuer (Engelsbrücke); dieses Abenteuer konnte sehr wohl in ein traditionelles, ein der Tradition gemäßes, Bündnis münden.

Ich fragte Miriam, wie sie heiße. Miriam ist ein Name, den ich selber erfunden habe. Das ist nicht wichtig, sagte das Mädchen. Das stimmt, aber ich muß dich doch irgendwie nennen, sagte ich. Du kannst einen Namen wählen. Miriam, sage ich.

Sie schien zufrieden. Miriam stieß mit dem Atem weiße Wölkchen aus, als ob sie rauche. Ich war stolz darauf, sie, das heißt, ein Mädchen wie sie getauft zu haben.

Die Via Giulia weckte den Wunsch in mir, ein Kardinal aus alter Zeit zu sein, ein Fürst der römischen Kirche mit einem Purpurmantel und Schuhen mit Silberspangen. Ich fühlte diese Gestalt aus alter Zeit in mir wachsen mit dem Knistern der Seide, den feierlichen Gebärden, den lateinischen Psalmen, den gregorianischen Gesängen und dem Klang der Orgel, ich fühlte, wie meine Lippen lateinische Ausdrücke formten, die Flüchen (O salutaris hostis) glichen, und auch die sakralen Motetten, die ich bei Furio Stella gelernt hatte. Der Kardinal bewegte sich, segnete, machte große Gesten mit den Armen. Er gab Fußtritte und stampfte. Stechender Schmerz durchdrang mich und zwang mich, den Mund weit zu öffnen; dann mußte ich mir auf die Lippen beißen und die Zähne zusammenpressen, um nicht zu schreien. Die spitzen Schuhe, die Spitzen der Schuhe mit der Silberspange, die Silberspangen der spitzen Schuhe des Kardinals zerschnitten mein

Zwerchfell. Mystische Schmerzen. Eine Krise heiliger Entrückung.

Miriam schaute mich neugierig an und hatte recht. Ich habe mich so oft gefragt, was geschieht, wenn zwischen einem Mann und einer Frau eine Liebesgeschichte beginnt. Das Schöne daran ist, daß es keine Regeln gibt und alles ins Gegenteil verkehrt werden kann. Manche Geschichten entstehen aus einem Autounfall, aus einem Unwetter (Aeneas und Dido), aus einem Erdbeben oder unter dem Bombenregen, aus einer spiritistischen Sitzung und sogar aus Haß und Antipathie, die doch das Gegenteil der Liebe sein sollten. Hier war es, wie ich schon gesagt habe, eine heilige Entrückung.

Jetzt fängst du an, lateinisch zu reden, sagte Miriam und schaute mich sehr neugierig an. Ich scherzte, sagte ich. Du hast aber lateinisch gesprochen. Das war ein Scherz. Gut, sagte Miriam, aber was für ein Scherz? Als ob ich ein Priester sei, sagte ich, ein Kardinal.

Mir ging eine Adaptierung einiger Verse des *Dies Irae* durch den Kopf, und ich rezitierte sie Miriam, der das sehr gefiel. Die Verse waren: Miriam, mirum spargens sonum / per sepulchra regionum, / cogct omnes ante thronum. Und so weiter. Ich kann nicht Lateinisch, es war nur ein Spiel, das ich für sie, ihr zu Ehren, erfunden hatte. Nun hörte ich auf zu reden und schwieg. So endete das erste Kapitel unseres Spaziergangs, die Begegnung und die Liebeserklärung, im Schweigen.

Die Geschichte ging am nächsten Tag auf dem Gianicolo weiter. Vom Gianicolo aus glich Rom einem Lunapark, das heißt, es war voll Lichter, das große M von Motta leuchtete hoch über der Piazza Barberini, man sah auch den Mond und das Zeichen der Alitalia-Fluggesellschaft. Auf der einen Seite lag Rom mit seinen Lichtern und seinem Stadtlärm, auf der andern waren ich und Miriam in meinem Fiat sechshundert wie auf einer Bühne, als ob die Augen aller Römer vom Parkett auf uns gerichtet wären. Ich weiß nicht, ob Miriam denselben Eindruck hatte, ich sprach nicht darüber, weil die Eindrücke manchmal falsch sind. Durch die Scheiben des Autos sah man die brennenden Zigaretten in den anderen Autos, die den Gehsteig entlang vor dem Panorama der Stadt geparkt standen.

Wenn ich an jenem Abend zu Miriam gesagt hätte, wir wollen ins Kino gehen, so bin ich sicher, daß sie mir nein geantwortet hätte. Im Adriano lief ein amerikanischer Film über einen Billardspieler, hieß es in der Kritik der Zeitung, und sein Titel war »Der Zertrümmerer«. Die Personen töten sich wegen des Billards, was wenig glaubhaft erscheint, und doch stand das in der Kritik der Zeitung, die den Film als sehr schön bezeichnete. Auch der Schauspieler war ein ausgezeichneter Schauspieler. Aber wenn ich mich an jenem Abend entschlossen hätte, ins Kino zu gehen, so hätte ich eine Enttäuschung erlebt, weil Miriam das Kino nicht mochte, nicht diesen oder jenen Film nicht, sondern das Kino im allgemeinen. So sagte ich nichts zu ihr. Ich erzähle das alles um der Genauigkeit willen, weil ich gern genau bin.

Die Idee mit dem Kino war mir in den Sinn gekommen als etwas Banales und Alltägliches, das man mit Mädchen macht, wie man noch viele andere banale und alltägliche Dinge macht, die allen bekannt sind. Gehen wir ins Kino, sagt man, und sie kommen mit einem ins Kino. Vielleicht, vielleicht wäre auch Miriam gekommen, wenn ich es ihr vorgeschlagen hätte. In diesem Fall hätte ich gemacht, was alle Männer mit allen Mädchen machen (auch wenn es welche gibt, die sich in dieser oder jener Weise verhalten), aber ich weiß nicht, ob sich Miriam wie alle andern Mädchen benommen hätte, weil sie das Kino nicht mochte, und deshalb hätte sie mir wahrscheinlich nein geantwortet. Wenn ich ihr also vorgeschlagen hätte, mit mir ins Adriano oder in ein anderes Kino zu kommen, wäre sie nicht gekommen. Das ist allerdings nur eine Hypothese, weil ich ihr es nicht vorschlug und auch nicht die Absicht hatte, es ihr vorzuschlagen.

Wer war dieses Mädchen, das neben mir auf dem Sitz meines Autos saß? Und was tat sie hier neben mir auf dem Sitz meines Autos? Nichts, die Situation ist ganz natürlich, sagte ich mir, das heißt: ein Mädchen sitzt neben einem Mann und dieser Mann bist du und dieses Mädchen ist Miriam, die du in der Turnhalle von Furio Stella kennengelernt hast. Ausgezeichnet, sagte ich mir, jetzt mußt du aber etwas unternehmen und etwas zu ihr sagen. Oder nein, warte lieber noch ein wenig, bevor du sprichst, weil du nicht irgend etwas sagen kannst. Du kannst aber auch nicht einfach weiterschweigen. Es gibt Männer, die von andern Frauen reden, andere reden vom Krieg, sie sind immer bereit, etwas aus dem Krieg zu erzählen, aber ich weiß nichts, ich habe gelogen, als ich sagte, ich sei im Krieg gewesen. In Wirklichkeit war ich nicht einmal Soldat, auch wenn ich immer versuche, das Gegenteil glaubhaft zu machen. Ich habe einmal eine Bombardierung in meiner Heimatstadt erlebt und erzähle das nun immer, als ob es wer weiß wo gewesen wäre. Das ist eine Lüge, die ich wenn immer möglich erzähle. Ich schaute Miriam an, die eine Zigarette rauchte, noch einen Zug nahm und dann den Stummel aus dem Fenster warf. Ihre Lippen zitterten ein wenig, sie schaute mich an, ohne etwas zu sagen, aber als ob sie, ich weiß nicht, was, erwarte, als ob sie sage, und was geschieht nun? Und es geschah immer noch nichts. Ich war wie ein Reisender, der eine anstrengende Reise gemacht hat und endlich nach Hause gekommen ist, wo er weiß, daß er jeden Komfort finden wird, und die Tür ist angelehnt und es genügt sie aufzustoßen und einzutreten und er tritt nicht ein. Jetzt verhältst du dich ähnlich, sagte ich zu mir, wo du doch genau weißt, daß man in gewissen Fällen etwas unternehmen und handeln muß. Wie im Krieg ist es nie ratsam, stehenzubleiben. Wenn du angreifst, so hat auch die Niederlage ihre Ehre, aber wenn du stehenbleibst, so geschieht nichts, und nichts ist das Schlimmste, was passieren kann.

Rühr dich, sagte ich zu mir, und begann dann in der Tat, mich zu rühren. Ich verfüge über eine außerordentliche Waffe. Wenige wissen, sie zu nützen. Ich verfüge über eine außerordentliche Geschicklichkeit in der Zunge. Ich

kann sie wie eine Schraube rollen, ich kann sie in horizon-
taler und vertikaler Richtung (in bezug auf die Achse des
Gesichts) vibrieren lassen, ich kann sie in der Kehle zu-
sammenziehen und dann wie einen Pfeil nach vorn kata-
pultieren, ich kann sie auch leicht wie eine Angelrute
schnellen lassen, ich kann sie während ein paar Minuten
vollkommen unbeweglich halten und sie dann wieder mit
so zuckenden Bewegungen, als wäre sie verrückt, angreifen
lassen. Ich kann sie wie einen Teppich zusammenrollen
und dann plötzlich aufrollen, ich kann sie wie einen Pro-
peller drehen, wie eine Peitsche bewegen und wie ein
Schwert zücken, ich kann sie wie ein Leintuch ausbreiten
oder wie eine Fahne flattern lassen, ich kann sie hart wie
Eisen oder weich wie eine Qualle machen. Um aber die
größte Wirkung zu erzielen, muß man wie im Krieg vor
allem das Überraschungselement ausnützen. Und den
Rhythmus. Ohne den Rhythmus erreicht man nichts,
man macht nur ein Durcheinander und sonst nichts. Der
Rhythmus gehört nicht zu den Dingen, die man lernen
kann, er ist eine Naturgabe, die man vervollkommnen
kann, aber man muß begabt sein.

Wenn die Frau mitmacht, kann man auch den Cham-
pagnerpfropfen machen. Die Zunge wie einen Zapfen
zusammenrollen, während die Frau ihre Zunge um die
meine wickelt. Dann die Zunge mit einem heftigen Ruck
zurückziehen. Das Vakuum erzeugt den Knall. Von
außen hört man nichts, deshalb kann man es auch in der
Öffentlichkeit machen.

Um ein Viertel vor sechs Uhr morgens waren wir noch dort, in meinem Fiat sechshundert Multipla mit beschlagenen Fenstern. Es war der 27. März voll Liebe und Wind dieses Jahres, und die Sonne ging genau um sechs Uhr und acht Minuten auf. Es war der Tag von San Giovanni Damasceno und von Santa Augusta Virgine, während der zweiten Frühmesse. Als ich die Augen öffnete (ich küsse immer mit geschlossenen Augen), war rund um uns niemand mehr, alle Autos waren verschwunden, nur zwei Polizisten zu Pferd waren da. Die Vögel waren erwacht und zwitscherten mit erhobenen Köpfchen auf den Ästen der Bäume oder kreisten wie toll vom Licht des Tages, der anbrach, während die Straßenbeleuchtung erlosch. Küssen ist eine Kunst.

Ein Spatz setzte sich auf die Motorhaube und flog dann wieder weg zu einem kleinen Rundflug um das Denkmal Garibaldis, des Helden unseres Risorgimentos. Man kann sagen, daß Miriam und ich uns während der ganzen Nacht nur einen einzigen langen Kuß gegeben hatten.

Mir widerstrebt es, zu äußerlichen Mitteln zu greifen, um eine Frau zu berauschen, ich ziehe das klassische Mittel des Kusses vor. Miriam lehnte erschöpft auf dem Sitz, als hätte ich sie geprügelt, ihre Augen glänzten und waren von dunklen Ringen umgeben wie diejenigen eines Kranken, der vom Fieber ausgehöhlt ist, sie schaute mich an, während ich eine Zigarette anzündete und sagte, gib mir auch einen Zug, und ich hielt ihr die Zigarette an die Lippen. Sie stieß ein Rauchwölkchen aus und sagte, gib mir noch einen Zug. Keiner hätte bestreiten können, daß zwischen

Miriam und mir in dieser Nacht eine wirkliche Liebesgeschichte begonnen hatte. Was wäre sonst eine Liebesgeschichte? Ich verstehe sie auf jeden Fall so, auch ohne das, was nachher kommt.

Die zwei berittenen Polizisten waren immer noch neben dem Denkmal und schauten uns zu, während ich versuchte, den Motor anzulassen. Lassen wir das Auto hier und gehen, sagte Miriam. Jetzt springt er gleich an, sagte ich. Aber er sprang nicht an, überhaupt nicht. Es mußte mir gelingen, Miriam bis zum Laden zu bringen, aber ein Fußmarsch zu dieser Morgenstunde und nach der im Auto verbrachten Nacht wäre eine Katastrophe gewesen. Du wirst sehen, er springt gleich an, sagte ich, diese Autos sind für ein kaltes Klima, sie sind eigens für die Kälte konstruiert worden.

Die zwei berittenen Polizisten entfernten sich. Vielleicht hatten sie gemerkt, daß ich sie bitten würde, mir zu helfen und das Auto ein Stück zu schieben, und nun gingen sie. Diese Schweine. Jetzt ist er warm, sagte ich, du wirst sehen, daß er jetzt anspringt, ich habe genug Benzin, alles ist in Ordnung: Wir fahren gleich los. Ich mußte mich schämen beim Geräusch des Anlassers, der sich leer drehte, bei diesem unnützen Geräusch im Schweigen des Gianicolos zu dieser Stunde unter den Augen Garibaldis, dem immer alles gut gelaufen war. Dieses Schwein, wollte ich sagen. Die Batterie entlädt sich, sagte Miriam, und die Batterie entlud sich, und der Anlasser drehte sich immer langsamer.

Miriam zündete sich eine Zigarette an, und stieß ungeduldige Rauchwölkchen aus. Ich muß zu Hause sein, bevor die Leute aufstehen, sagte sie, es ist sehr spät, das heißt, es ist sehr früh. Miriam betrachtete den Himmel, der nun schon ganz hell war. Das M von Motta war verschwunden und auch die Lichter der Straßen, nur ein paar Autos fuhren noch mit brennenden Scheinwerfern, sie tropften vor Feuchtigkeit. Alle anderen Autos hatten einen Motor, der funktionierte, und meines wollte nicht losfahren. So etwas ist mir noch nie passiert, sagte ich, daß der Motor einfach nicht anspringt. Ärgere dich nicht, sagte Miriam, ich glaube, das ist normal. Nein, das ist nicht normal, sagte ich, das ist etwas, was nicht passieren darf.

Der Anlasser drehte sich ganz langsam. Die Batterie ist leer, sagte Miriam. Aber sie ist doch neu, fast neu. Vielleicht, vielleicht lädt sie sich von selber wieder auf, sagte ich. Eine Taxe fuhr vorbei. Miriam gab ein Zeichen und die Taxe näherte sich. Bist du nicht böse, wenn ich nach Hause gehe? sagte sie. Der Anlasser machte noch drei Drehungen und stand still. Es tut mir leid, aber geh nur, sagte ich. Miriam stieg in die Taxe und verschwand unter dem Abhang.

Anstatt auf die Straßenkehrer zu warten, schloß ich das Auto ab und machte mich zu Fuß auf den Weg. Zu Fuß ist nur eine Redensart, weil ich die Empfindung hatte zu fliegen. Paß auf und laß dich von den Empfindungen nicht trügen, sagte ich zu mir. Aber handelte es sich denn nur um eine Empfindung? Warum hatte ich denn keine nassen Schuhe bekommen, als ich die große Pfütze unter Garibaldis Denkmal durchquerte? Und warum fühlte ich mich so sehr in die Höhe gezogen, als ob das Gesetz der Schwerkraft für mich keine Gültigkeit mehr hätte? Ich lehnte mich an die Brüstung, von der aus man den Petersdom sieht. Man sah die große, von der Sonne beleuchtete Kuppel und dann die Wiesen und die Bäume der Villa Doria Pamphili, die vatikanische Eisenbahn, den Monte del Gallo, der mit rasselnden Rolladen und ratternden Lambrettas erwachte.

Ich schaute um mich. Niemand war da. Jetzt starte ich, sagte ich zu mir. Ich war sicher, daß ich fliegen konnte, die Luft war weich wie eine Daunendecke, und ich war leicht, als ob unsichtbare Nylonfäden mich nach oben zögen, ich fühlte, daß ich mich wie ein Vogel oder ein Flugzeug in der Luft bewegen konnte und zwar ohne den Lärm des letzteren, in vollkommener Ruhe. Ein Nichts würde genügt haben, ein leichtes Abstoßen der Fußspitzen, und mein Flug hätte begonnen, zu den Wiesen und Bäumen der Villa Doria Pamphili, wo sich tagsüber die Käuzchen zurückziehen, die in der Nacht in die Stadt hinunterfliegen. Aber ich war ein Sonnenvogel, und mein Flug würde sich nie mit demjenigen der Käuzchen kreuzen. Ich schaute zu meinem Auto zurück. Ich mußte lachen über seine plumpe Karosserie, die fast am Boden klebte und so sehr dem Gesetz der Schwerkraft unterlag, daß sie sich nicht einmal einen halben Meter vom Boden erheben konnte. Auch über die anderen Autos mußte ich lachen, die nun dichter vorbeifuhren mit ihrem lächerlichen Motorengeräusch und all ihren komplizierten und unnötigen Mechanismen. Große und kleine Autos glitten regelmäßig über den Asphalt. Es war zum Lachen, wenn man an ihre Motoren, ihre Getriebe und ihre Räder dachte.

Hoch am Himmel flog ein Flugzeug vorbei mit seinem Flugzeuglärm und erfüllte mich mit Schrecken. Der Vergleich stimmte nicht, wie konnte ich dieser phantastischen Maschine gleichen, die mit ihren flammenden Motoren, ihren elektronischen Stromkreisen, ihren mit Hebeln bedeckten Schaltbrettern, ihren automatischen Auslösern, ihrem einziehbaren Fahrgestell und allem andern viele Tonnen Gewicht in der Luft transportierte? Ich schaute auf meine mageren und leeren Hände und Handgelenke, betastete meine Wangen, auf denen während der Nacht der Bart gewachsen war.

Ich stieg vom Mäuerchen hinunter, auf das ich gestiegen war und von dem aus ich zum Flug gestartet wäre. Die Kuppel von Sankt Peter war immer noch zu sehen, und ich stand mit meinen Füßen wieder auf dem Boden, während am Himmel oben noch die Düsentriebwerke dröhnten, das Flugzeug sah aus wie ein aufgehängter Silberfisch und schien still zu stehen, aber es bewegte sich mit neunhundert Stundenkilometern. Jetzt sah man es nicht mehr, man hörte es auch nicht mehr, das Dröhnen der Düsentriebwerke war verklungen, aber es war nach seinem Vorbeiflug etwas in der Luft geblieben, eine Art Magie, wie auf der Straße, wo eben der Papst vorübergegangen ist, und ich stand in der Tat noch ganz verzaubert da, um zu sehen und zu hören, als das Flugzeug schon weg war und man es weder sehen noch hören konnte. Was willst du eigentlich, sagte ich zu mir.

Ein Weihwasserbecken und ein Aschenbecher

Luigi Pirandello

Wenige Tage später war ich in Rom, hier wollte ich meinen ständigen Wohnsitz nehmen.

Warum in Rom und nicht anderswo? Den wahren Grund erkenne ich erst jetzt, nach allem, was mir begegnet ist, aber ich werde ihn nicht sagen; denn ich will meine Erzählung nicht durch Betrachtungen stören, die an dieser Stelle unangebracht wären. Damals wählte ich Rom vor allem, weil es mir besser als alle anderen Städte gefiel, und auch, weil es mir besonders geeignet zu sein schien, neben so vielen Fremden auch einen Fremden wie mich unterschiedslos zu beherbergen.

Die Wahl der Wohnung, das heißt eines anständigen Zimmers in einer ruhigen Straße bei einer ordentlichen Familie kostete mich viel Mühe. Endlich fand ich eines in der Via Ripetta, mit Blick auf den Fluß. Zwar war, ehrlich gestanden, mein erster Eindruck von der Familie, die mich aufnehmen sollte, nicht sehr günstig; als ich ins Hotel zurückkehrte, war ich sogar lange unschlüssig, ob ich nicht weitersuchen sollte.

An der Wohnungstür im vierten Stock waren zwei Schilder angebracht: *Paleari* stand auf dem einen, *Papiano* auf dem anderen; unter diesem war, mit zwei kupfernen Reißnägeln, eine Visitenkarte befestigt, und auf der stand: *Silvia Caporale.*

Ein alter Mann um die Sechzig öffnete mir (Paleari? Papiano?), er war in Leinenunterhosen, seine nackten Füße steckten in schmutzigen Latschen, sein rosiger nackter Oberkörper war fleischig und unbehaart, seine Hände waren eingeseift und auf dem Kopf bildete Seifenschaum einen mächtigen Turban.

»Oh, entschuldigen Sie«, rief er aus. »Ich dachte, es sei das Dienstmädchen ... Bitte, sich zu gedulden: Sie sehen, ich bin gerade ... Adriana! Terenzio! Rasch, rasch! Siehst du nicht, daß hier ein Herr ist ... Gedulden Sie sich nur einen Augenblick; kommen Sie herein ... Was wünschen Sie?«

»Ist hier ein möbliertes Zimmer zu vermieten?«

»Gewiß, Signore. Da ist schon meine Tochter; sprechen Sie mit ihr. Los, Adriana, das Zimmer!«

Völlig verwirrt erschien eine winzige Signorina. Blond, blaß, die himmelblauen Augen wirkten sanft und traurig wie das ganze Gesicht. Adriana, mein Name! »Nein, so etwas!« dachte ich. »Wie ausgemacht!«

»Wo ist denn Terenzio?« fragte der Mann mit dem Turban aus Seifenschaum.

»Mein Gott, Papa, du weißt doch, daß er seit gestern in Neapel ist. Geh weg! Wenn du dich sehen würdest...« antwortete die kleine Signorina verlegen. Bei aller Verärgerung verriet ihre zarte Stimme die Sanftheit ihres Wesens.

Der Mann zog sich zurück, wobei er mehrmals wiederholte:

»Ja, richtig! Ja, richtig!« Er schlurfte mit den Latschen
über den Boden und fuhr fort, sich seinen kahlen Schädel
und den grauen Bart einzuseifen.

Ich mußte lächeln, aber ich tat es wohlwollend, um das
Kind nicht in noch größere Verlegenheit zu bringen. Sie
schloß die Augen halb, wie um mein Lächeln nicht sehen
zu müssen.

Erst war sie mir wie ein kleines Mädchen vorgekom-
men; dann jedoch, als ich mir ihr Gesicht näher ansah,
merkte ich, daß sie schon eine erwachsene Frau war. Das
erklärte auch, wenn man will, warum sie dieses Hauskleid
trug, das sie etwas plump machte, denn es paßte weder zu
ihrer kleinen Gestalt noch zu ihren Gesichtszügen. Sie war
in Halbtrauer. Sie sprach sehr leise. Während sie mich
durch einen dunklen Korridor in das Zimmer führte, das
ich mieten sollte, vermied sie es, mich anzusehen (wer
weiß, welchen ersten Eindruck sie von mir hatte!). Als die
Tür geöffnet wurde, fühlte ich, wie die Luft und das Licht,
die durch zwei große, dem Fluß zugekehrte Fenster her-
eindrangen, meine Brust weiteten. Ganz im Hintergrund
sah man den Monte Mario, den Ponte Margherita und das
ganze neue Viertel von Prati bis zur Engelsburg; der Blick
erfaßte die alte Ripetta-Brücke und die neue, die daneben
soeben errichtet wurde; etwas weiter den Ponte Umberto
und all die alten Häuser von Tordinona, die sich entlang
des weiten Bogens, den der Fluß hier macht, hinzogen; auf
dieser Seite sah man in der Ferne noch die grünen Höhen

des Gianicolo mit dem großen Springbrunnen von San Pietro in Montorio und der Reiterstatue Garibaldis.

Dieses weiten Ausblicks wegen mietete ich das Zimmer, das im übrigen einfach und hübsch möbliert und hell, weiß-blau tapeziert war.

»Die kleine Terrasse hier nebenan«, sagte das kleine Mädchen im Hauskleid, »gehört uns ebenfalls, zumindest jetzt noch. Man will sie niederreißen heißt es, weil sie einen Vorsprung macht.«

»Einen ... Was?«

»Vorsprung: sagt man nicht so? Aber es ist noch Zeit bis dahin, zuerst muß der Lungotevere fertig ausgebaut sein.«

Als ich sie so leise und ernst sprechen hörte und so erwachsen gekleidet sah, mußte ich lächeln. Ich sagte: »So?«

Sie war beleidigt. Sie senkte die Augen und schob die Lippen zwischen die Zähne. Da wurde ich ihr zuliebe ebenfalls ernst:

»Und ... Verzeihen Sie, Signorina: kleine Jungen, Kinder, gibt es keine im Haus, wie?«

Sie schüttelte den Kopf, ohne den Mund zu öffnen. Vielleicht spürte sie, ganz gegen meine Absicht, aus meiner Frage doch den Schuß Ironie heraus. Ich hatte »kleine Jungen« gesagt und nicht »kleine Mädchen«. Ich bemühte mich gleich, auch das wiedergutzumachen:

»Und ... Sagen Sie, Signorina: Sie vermieten sonst keine Zimmer, nicht wahr?«

»Dieses hier ist unser bestes«, erwiderte sie, ohne mich anzusehen. »Wenn es Ihnen nicht zusagt ...«

78

»Nein, nein … Ich habe nur gefragt, weil ich wissen wollte, ob …«

»Wir vermieten noch ein Zimmer«, sagte sie und hob die Augen mit erzwungener Gleichgültigkeit. »Dort drüben, es geht nach vorne … auf die Straße. Es wird schon seit zwei Jahren von einem Fräulein bewohnt. Sie gibt Klavierunterricht … aber nicht hier im Hause.«

Als sie das sagte, deutete sie ein leises, trauriges Lächeln an. Sie fügte hinzu: »Hier wohnen nur noch ich, mein Vater und mein Schwager …«

»Paleari?«

»Nein: Paleari ist mein Vater; mein Schwager heißt Terenzio Papiano. Er muß aber fort von hier, er und sein Bruder, der zur Zeit ebenfalls bei uns wohnt. Meine Schwester ist tot … seit sechs Monaten.«

Um das Gesprächsthema zu wechseln, fragte ich, wie hoch die Miete sei, die ich zu bezahlen hätte; wir wurden sofort einig; ich fragte auch, ob ich eine Anzahlung leisten solle.

»Wie Sie wünschen«, antwortete sie. »Vielleicht geben Sie mir lieber Ihren Namen an …«

Ich tastete meine Brust ab, lächelte nervös, sagte:

»Ich habe … ich habe nicht einmal eine Visitenkarte bei mir … Ich heiße Adriano, ja, eben: ich habe gehört, Signorina, daß Sie auch Adriana heißen. Vielleicht stört Sie das …«

»Aber gar nicht! Warum denn?« meinte sie. Sie hatte wohl meine merkwürdige Verlegenheit bemerkt und lachte jetzt wirklich wie ein kleines Mädchen.

Auch ich lachte und sagte dann:

»Nun, wenn es Sie nicht stört, dann heiße ich Adriano Meis: so, jetzt wissen Sie's! Kann ich schon heute abend hier einziehen? Oder lieber morgen früh ...«

Sie antwortete: »Wie Sie wünschen.« Ich aber gewann den Eindruck, ich würde ihr eine große Freude bereiten, wenn ich gar nicht wiederkehrte. Ich hatte mir nichts Geringeres herausgenommen, als der Erwachsenenwürde ihres Hauskleids nicht den schuldigen Respekt zu erweisen.

Wenige Tage später jedoch konnte ich sehen, ja mit Händen greifen, daß das arme Kind dieses Kleid, auf das sie wahrscheinlich gerne verzichtet hätte, leider zu Recht trug. Die ganze Last des Haushalts lag auf ihren Schultern, wehe, wenn es sie nicht gegeben hätte!

Ihr Vater, Anselmo Paleari, der alte Mann, der mir mit dem Turban aus Seifenschaum entgegengekommen war, hatte Seifenschaum auch in seinem Hirn. Am gleichen Tag, an dem ich einzog, stellte er sich mir vor, nicht nur – wie er sagte –, um sich bei mir nochmals für die Aufmachung zu entschuldigen, in der er mir zum ersten Mal begegnet war, sondern weil es ihm ein besonderes Vergnügen sei, mich kennenzulernen, da ich wie ein Gelehrter oder vielleicht auch wie ein Künstler aussehe:

»Oder irre ich mich?«

»Sie irren sich. Künstler ... ganz gewiß nicht! Gelehrter ... so, so ... Ich lese gern das eine oder andere Buch.«

»Oh, Sie haben ja gute Bücher da!« meinte er und betrachtete die Rücken der wenigen Bände, die ich auf dem Schreibtisch aufgereiht hatte. »Demnächst werde ich

Ihnen meine zeigen, ja? Auch ich habe gute Bücher. Mhm!«

Er zuckte die Achseln und blieb wie abwesend mit verklärten Augen stehen, er hatte offenbar alles rings um sich vergessen, wo er sich befand und wer er war; er wiederholte noch zweimal: »Mhm! … Mhm!«, zog die Mundwinkel herunter, wandte mir dann den Rücken und ging hinaus, ohne zu grüßen.

Anfangs war ich darüber einigermaßen erstaunt; als er mir dann aber, wie versprochen, die Bücher in seinem Zimmer zeigte, konnte ich mir nicht nur seine Geistesabwesenheit, sondern auch noch vieles andere erklären. Die Bücher trugen Titel wie: *La Mort et l'au-delà, L'homme et ses corps, Les sept principes de l'homme, Karma, La clef de la Théosophie, ABC de la Théosophie, La doctrine secrète, Le Plan Astral* usw. usw.

Signor Anselmo Palcari war Mitglied der theosophischen Gesellschaft.

Man hatte ihn als Sektionschef irgendeines Ministeriums vorzeitig in den Ruhestand versetzt. Das war sein Verderben gewesen, nicht nur sein finanzielles, denn da er nun frei war und Herr seiner Zeit, versenkte er sich in seine phantastischen Studien und nebelhaften Betrachtungen und zog sich immer mehr vom materiellen Leben zurück. Mindestens die Hälfte seiner Pension ging für den Ankauf dieser Bücher drauf. Er besaß schon eine kleine einschlägige Bibliothek. Die theosophische Lehre schien ihn jedoch nicht voll zu befriedigen. Er war von den Zweifeln der Kritik angenagt, das konnte man daraus ersehen, daß er neben diesen theosophischen Werken auch eine reiche Auswahl antiker und moderner philosophischer Untersuchungen und Studien sowie Bücher über die neuesten wissenschaftlichen Forschungen besaß. In der letzten Zeit hatte er sich überdies mit spiritistischen Werken befaßt.

In seiner Untermieterin, der Klavierlehrerin Silvia Caporale, glaubte er ungewöhnliche mediale Fähigkeiten entdeckt zu haben, die zwar, um die Wahrheit zu sagen, noch nicht recht entwickelt waren, sich aber mit der Zeit und mit der Übung noch entfalten und selbst die Leistungen der berühmtesten Medien übertreffen würden.

Ich kann bezeugen, daß ich noch nie in einem Gesicht von so ordinärer, an eine Karnevalsmaske gemahnender Häßlichkeit ein Paar so leidvolle Augen gesehen habe wie in dem der Signorina Silvia Caporale. Sie waren tiefschwarz, mandelförmig, erweckten den Eindruck, als hätten sie, wie bei automatischen Puppen, ein bleiernes Gegengewicht. Die Signorina Silvia Caporale war über vierzig Jahre alt und hatte unter ihrer stets geröteten Knollennase einen ansehnlichen Schnurrbart.

Später erfuhr ich, daß diese arme Frau liebestoll und eine Trinkerin war; sie wußte, daß sie häßlich und obendrein alt war, und aus Verzweiflung darüber trank sie. An manchen Abenden erschien sie in einem wahrhaft bejammernswerten Zustand: der Hut saß ihr schief auf dem Kopf, die Knollennase leuchtete wie eine rote Rübe, ihre halbgeschlossenen Augen wirkten trauriger denn je.

Sie warf sich aufs Bett, und all der Wein, den sie getrunken hatte, brach als ein endloser Tränenstrom aus ihr hervor. Das arme Mütterchen im Hauskleid mußte sie bis tief in die Nacht trösten: sie hatte Mitleid mit ihr, Mitleid, das den Ekel überwand: sie wußte, daß diese Unglückliche allein auf der Welt war, mit ihrer Tollheit im Leibe, die sie das Leben hassen ließ, das sie schon zweimal von sich werfen wollte; das Hausmütterchen brachte sie allmählich so weit, daß sie ihr versprach, brav zu sein und es nicht wieder zu tun; und am nächsten Tag, jawohl, meine Damen und Herren, erschien sie wieder herausgeputzt, hatte kleine äffische Bewegungen, war plötzlich wie verwandelt, wirkte wie ein unschuldiges und launenhaftes Kind.

Die paar Lire, die sie gelegentlich verdiente, indem sie mit Debütantinnen in Konzert-Cafés Chansons einstudierte, gab sie fürs Trinken aus oder um sich herauszuputzen. Weder bezahlte sie die Miete, noch das bißchen Essen, das die Familie ihr gab. Aber man konnte sie nicht fortjagen. Wie sonst hätte Signor Anselmo Paleari seine spiritistischen Experimente durchführen sollen?

Eigentlich aber steckte noch ein anderer Grund dahinter. Als die Signorina Caporale nach dem Tod ihrer Mutter, vor zwei Jahren, ihren Haushalt aufgab und zu den Palearis zog, vertraute sie ungefähr sechstausend Lire, den Erlös vom Verkauf ihrer Möbel, Terenzio Papiano für ein Geschäft an, das er ihr vorgeschlagen und als absolut sicher und einträglich bezeichnet hatte. Diese sechstausend Lire waren weg.

Als sie, die Signorina Caporale selber, mir dies unter Tränen eingestand, konnte ich Signor Anselmo Paleari einigermaßen entschuldigen, ursprünglich nämlich hatte ich geglaubt, er dulde es lediglich seines verruchten Hobbys wegen, daß seine Tochter mit einem Weib dieser Sorte in Berührung kam.

Allerdings mußte man für die kleine Adriana, die im Kern gut und von fast übergroßer Verständigkeit war, wohl kaum fürchten: tatsächlich fühlte sie sich, mehr als durch irgend etwas anderes, durch die mysteriösen Praktiken ihres Vaters verletzt, durch diese Geisterbeschwörungen mit Hilfe der Signorina Caporale.

Sie war religiös, die kleine Adriana. Ich bemerkte es schon in den ersten Tagen. Oberhalb des Nachtkästchens, neben meinem Bett, war an der Mauer ein blaues, gläsernes Weihwasserbecken angebracht. Ich hatte mich mit der noch brennenden Zigarette zu Bett gelegt und begonnen, eines von Palearis Büchern zu lesen; in meiner Zerstreutheit legte ich dann den erloschenen Zigarettenstummel im Weihwasserbecken ab. Am nächsten Tag war es nicht mehr da, statt dessen stand auf dem Nachtkästchen ein Aschenbecher. Ich fragte sie, ob sie es von der Wand genommen habe; sie errötete leicht und antwortete:

»Verzeihen Sie, aber ich dachte, daß Sie einen Aschenbecher nötiger brauchen.«

»War denn Weihwasser drinnen?«

»Ja. Uns gegenüber ist die Kirche San Rocco …«

Sie ging hinaus. Wollte dieses Mütterchen einen Heiligen aus mir machen, da sie aus dem Taufbecken von San Rocco Weihwasser auch für mich holte? Für mein Weihwasserbecken und sicherlich auch für das ihre. Der Vater schien keinen Bedarf danach zu haben. Und das Weihwasserbecken der Signorina Caporale war, wenn überhaupt, weit eher mit geweihtem Wein zu füllen.

Jede winzige Kleinigkeit löste bei mir – der ich mich schon lange wie in einer seltsamen Leere fühlte – umständliche Betrachtungen aus. Der Zwischenfall mit dem Weihwasserbecken erinnerte mich daran, daß ich schon als Kind die religiösen Bräuche nicht mehr eingehalten hatte, und seitdem Pinzone fort war, der mich zusammen mit Berto auf Anordnung unserer Mutter in die Kirche geführt hatte, war ich auch in keiner Kirche mehr gewesen, um zu beten. Ich hatte nie eine Veranlassung gehabt, mich zu fragen, ob ich eigentlich gläubig sei. Und Mattia Pascal war eines schlimmen Todes ohne die Tröstungen der Kirche gestorben.

Ich sah mich plötzlich in einer absonderlichen Lage. Für alle, die mich kannten, hatte ich mich – ob im guten oder im schlechten Sinne – vom unangenehmsten und bedrückendsten Gedanken befreit, den man als Lebender haben kann: vom Gedanken an den Tod. Wer weiß, wie viele in Miragno sagten:

»Der Glückliche! Er hat es hinter sich! Jedenfalls ist er die Sorge los.«

Statt dessen war ich die Sorge noch lange nicht los. Dauernd hatte ich eines von Anselmo Palearis Büchern in der Hand, und diese belehrten mich, daß die Toten, die wirklich Toten, von den ›Hüllen‹ des Kâmaloka umgeben, sich in genau der gleichen Lage befanden wie ich, besonders die Selbstmörder. Von ihnen behauptet Herr Leadbeater, Verfasser des *Plan Astral (premier degré du monde invisible, d'après la théosophie)*, daß noch allerlei menschliche Gelüste sie erregen, die sie allerdings nicht befriedigen können, da sie nicht mehr über den fleischlichen Körper verfügen, nur wissen sie nicht, daß sie ihn verloren haben.

»Ei«, dachte ich, »fast könnte ich meinen, ich habe mich tatsächlich im Mühlgraben von La Stìa ertränkt und bilde mir nur ein, daß ich noch lebe.«

Es gibt bekanntlich ansteckende Wahnvorstellungen. Und obwohl ich mich anfangs gegen sie wehrte, steckten Palearis fixe Ideen mich doch an. Nicht, daß ich wirklich geglaubt hätte, ich sei tot: obzwar auch das kein großes Übel gewesen wäre, denn es mag wohl hart sein zu sterben, ich glaube aber nicht, daß man, einmal gestorben, noch den traurigen Wunsch haben könnte, ins Leben zurückzukehren. Ich entdeckte jedoch plötzlich, daß ich tatsächlich noch einmal sterben müsse: das war das Übel! Wer hatte daran noch gedacht? Nach meinem Selbstmord in La Stìa hatte ich naturgemäß nichts anderes vor mir gesehen als das Leben. Und da ließ nun Signor Anselmo Paleari wieder die Schatten des Todes vor mir erstehen.

Er wußte von nichts anderem zu reden, dieser unglückselige Mensch! Er sprach aber davon mit solcher Begeisterung und er fand im Eifer des Gespräches immer wieder so ungewöhnliche Bilder und Ausdrücke, daß mir, wenn ich ihm zuhörte, sofort die Lust wieder verging, von hier auszuziehen, um ihn loszuwerden. Übrigens waren die Lehre und der Glaube des Signor Paleari, so kindisch sie in vielem anmuten mochten, im Grunde tröstlich; und da sich mir der Gedanke, daß ich früher oder später allen Ernstes würde sterben müssen, leider aufgedrängt hatte, mißfiel es mir nicht, daß in dieser Weise darüber gesprochen wurde.

»Wo bleibt die Logik?« fragte er mich eines Tages, nachdem er mir einen Abschnitt aus einem Buch von Finot vorgelesen hatte. Es war von einer so schaurigen, makabren Philosophie erfüllt, daß man sie für den Traum eines morphiumsüchtigen Totengräbers hätte halten können, und sie handelte ausgerechnet von den Würmern, die bei der Zersetzung des menschlichen Körpers entstehen. »Wo bleibt die Logik? Materie, gut, Materie: nehmen wir an, alles sei Materie. Aber es gibt doch Formen und Formen, Arten und Arten, Eigenschaften und Eigenschaften: es gibt, zum Teufel!, den Stein und den unwägbaren Äther. Und was meinen Körper betrifft, so hat er Zähne und Nägel und Haare und, zum Kuckuck, auch das überaus feine Gewebe des Auges. Nun mag, Signore, gewiß, warum denn nicht?, das, was wir die Seele nennen, gleichfalls Materie sein; aber Sie werden mir zugeben, daß sie nicht die gleiche Materie ist wie der Fingernagel, der Zahn, das Haar; sie mag Materie sein wie der Äther oder was weiß ich. Den Äther erkennt man als Hypothese an, und die Seele nicht? Wo bleibt die Logik? Materie, gut, Signore. Folgen Sie meiner Überlegung, und Sie werden sehen, wohin ich gelange, selbst wenn ich alles zugebe. Kommen wir zur Natur. Wir betrachten heute den Menschen als Erben einer Reihe zahlloser Generationen, nicht wahr? Als das Produkt einer langsamen Arbeit der Natur. Sie, lieber Signor Meis, halten den Menschen wohl gleichfalls für ein grausames und im großen und ganzen nicht besonders schätzenswertes Tier? Auch das will ich zugeben, und ich sage: gut, der Mensch nimmt auf der Stufenleiter der Lebewesen keine sehr hohe Stellung ein; vom Wurm zum Menschen führen, sagen wir, acht, vielleicht sieben, vielleicht fünf Stufen. Aber, zum Kuckuck!, die Natur hat sich Tausende und aber Tausende von Jahrhunderten abgemüht, um diese fünf Stufen, vom Wurm zum Menschen, zu erklimmen; sie, die Materie, hat sich, nicht wahr, entwickeln müssen, um der Form und der Substanz nach diese fünfte Stufe zu erreichen, um dieses Tier zu werden, das stiehlt, dieses Tier, das tötet, dieses Tier, das lügt, das aber doch auch imstande ist, die ›Göttliche Komödie‹ zu schreiben und, Signor Meis, Opfer zu bringen, wie es Ihre Mutter und meine Mutter getan haben! und nun soll er mit einem Mal, bums, wieder auf Null zurückfallen? Wo bleibt die Logik? Meine Nase mag zu einem Wurm werden, mein Fuß, nicht aber meine Seele, zum Kuckuck!, die, jawohl Signore, auch Materie sein mag, wer bestreitet es?, aber nicht wie meine Nase oder mein Fuß. Wo bleibt die Logik?«

»Verzeihen Sie, Signor Paleari«, wandte ich ein, »aber nehmen wir an, ein großer Mann geht spazieren, fällt, schlägt sich den Kopf an, verblödet. Wo bleibt die Seele?«

Signor Anselmo sah mich eine Weile an, als wäre ihm plötzlich ein Felsblock vor die Füße gefallen.

»Wo die Seele bleibt?«

»Ja, Sie oder ich, der ich kein großer Mann bin, aber doch … mit Vernunft begabt bin: ich gehe spazieren, falle, schlage mit dem Kopf an, verblöde. Wo bleibt die Seele?«

Paleari faltete die Hände und erwiderte mit dem Ausdruck nachsichtigen Mitleids:

»Heiliger Gott, warum wollen Sie denn fallen und sich den Kopf anschlagen, lieber Signor Meis?«

»Nur angenommen …«

»Aber nicht doch, Signore: Gehen Sie ruhig spazieren. Nehmen wir einfach die alten Leute, die, ohne erst fallen und sich den Kopf anschlagen zu müssen, auf die natürlichste Weise verblöden können. Nun, was will das besagen? Sie möchten beweisen, daß mit der Schwächung des Körpers auch die Seele erschlafft, und möchten damit dartun, daß mit dem Erlöschen des einen auch das andere erlischt? Aber gestatten Sie! Denken Sie doch an die entgegengesetzten Fälle: an völlig erschöpfte Körper, in denen das Licht der Seele mächtig leuchtet: an Giacomo Leopardi und an viele andere alte Menschen, zum Beispiel an Seine Heiligkeit Leo XIII. Nun also? Und stellen Sie sich jetzt ein Klavier und einen Klavierspieler vor: plötzlich, während des Spielens, wird das Klavier verstimmt; eine Taste schlägt nicht mehr an; zwei, drei Saiten reißen; nun denn, auf einem solchen Instrument wird der Klavierspieler, wie tüchtig er auch sein mag, zwangsläufig schlecht spielen, das will ich meinen! Und wenn das Klavier gar keinen Laut mehr von sich gibt, hat denn da auch der Klavierspieler zu existieren aufgehört?«

»Das Gehirn wäre das Klavier, der Klavierspieler die Seele?«

»Ein alter Vergleich, Signor Meis! Wenn nun das Gehirn Schaden leidet, erscheint die Seele zwangsläufig als verdummt oder verrückt oder was weiß ich. Und wenn der Klavierspieler nicht infolge eines Mißgeschicks, sondern durch Unachtsamkeit oder absichtlich sein Instrument zerbricht, dann muß er dafür bezahlen: wer etwas zerbricht, muß bezahlen: man muß für alles bezahlen, für alles. Dies aber gehört auf ein anderes Blatt. Sagt es Ihnen denn, verzeihen Sie, gar nichts, daß die Menschheit, die gesamte Menschheit, seitdem wir von ihr Kenntnis haben, stets nach dem jenseitigen Leben gestrebt hat? Das ist eine Tatsache, ein handgreiflicher Beweis.«

»Es heißt, der Selbsterhaltungstrieb ...«

»Nicht doch, Signore, denn ich pfeife, verstehen Sie, auf diese jämmerliche Hülle, die mich bedeckt! Sie bedrückt mich, und ich ertrage sie, weil ich sie ertragen muß; wenn man mir aber beweist, daß ich – nachdem ich sie noch weitere fünf oder sechs oder zehn Jahre ertragen habe – damit nicht den Kaufpreis in irgendeiner Weise bezahlt habe, sondern daß alles einfach aus ist, dann, zum Teufel, werfe ich sie noch heute von mir, in diesem selben Augenblick: wo bleibt da der Selbsterhaltungstrieb? Ich erhalte mich einzig deshalb, weil ich fühle, daß es so nicht zu Ende sein kann! Aber, so sagt man, der einzelne Mensch ist etwas und die Menschheit etwas anderes. Mit dem Individuum ist es zu Ende, die Art aber setzt ihre Entwicklung fort. Feine Beweisführung! Das wäre ja die Höhe! Als ob die Menschheit nicht ich und Sie sind und jeder einzelne wären. Und haben wir nicht alle das gleiche Gefühl, daß es nämlich nichts Absurderes und Grausameres gäbe, als wenn sich alles in diesem jämmerlichen Hauch erschöpfte, das unser Erdendasein ist: fünfzig, sechzig Jahre Scherereien, Misere, Mühe: für was? Für nichts! Für die Menschheit? Aber wenn es doch auch mit der Menschheit eines Tages zu Ende sein wird? Denken Sie darüber nach: dieses ganze Leben, dieser ganze Fortschritt, diese ganze Entwicklung – wozu hätte es sie gegeben? Für nichts? Und das Nichts, das reine Nichts, gibt es nicht, wie es heißt … Man muß den ganzen Stern ausheilen, haben Sie unlängst gesagt, nicht wahr? Nun gut: Heilung; man muß nur sehen, in welchem Sinne. Das Übel der Wissenschaft, Signor Meis, besteht darin, daß sie sich ausschließlich mit dem Leben befaßt.«

»Nun ja«, seufzte ich lächelnd, »da wir nun einmal leben müssen …«

»Wir müssen aber auch sterben«, entgegnete Paleari.

»Ich verstehe. Warum aber so viel darüber nachdenken?«

»Warum? Weil wir das Leben nicht begreifen können, ohne uns in irgendeiner Weise den Tod zu erklären! Die Kriterien, die unsere Handlungen leiten, der Faden, der uns aus diesem Labyrinth herausführt, kurz, das Licht, Signor Meis, das Licht muß uns von dorther kommen, vom Tode.«

»Bei der Finsternis, die dort herrscht?«

»Finsternis? Finsternis für Sie! Versuchen Sie doch, ein

Öllämpchen des Glaubens dort drüben zu entzünden, wobei ihre Seele das Öl sei. Wenn dieses Lämpchen fehlt, dann irren wir hier im Leben wie Blinde herum, trotz dem elektrischen Licht, das wir erfunden haben! Sie geht durchaus in Ordnung, die elektrische Glühlampe, für dieses Leben hier; aber, lieber Signor Meis, wir brauchen auch die andere Lampe, die uns das Licht für den Tod spendet. Sehen Sie, an manchen Abenden versuche ich, eine gewisse kleine Laterne aus rotem Glas zu entzünden, man muß sich mit allem behelfen, muß irgendwie versuchen, zu sehen. Zur Zeit ist mein Schwiegersohn Terenzio in Neapel. Er kommt in ein paar Monaten wieder zurück, und dann möchte ich Sie einladen, einer unserer bescheidenen Sitzungen beizuwohnen, wenn Sie wollen. Und wer weiß, daß diese kleine Laterne … genug, ich will nichts weiter sagen.«

Die Gesellschaft Anselmo Palearis war, wie man sieht, nicht eben erfreulich. Aber konnte ich denn, wenn ich es recht beachte, eine andere, weniger lebensferne Gesellschaft gefahrlos aufsuchen, besser gesagt, ohne lügen zu müssen? Ich mußte noch an den Cavaliere Tito Lenzi zurückdenken. Signor Paleari hingegen lag nichts daran, etwas über mich zu erfahren, es genügte ihm, wenn ich mir seine Reden aufmerksam anhörte. Fast jeden Tag nach der üblichen gründlichen Morgenwäsche, begleitete er mich auf meinen Spaziergängen; wir gingen auf den Gianicolo oder auf den Aventin oder auf den Monte Mario, manchmal bis zum Ponte Nomentano, und immer sprachen wir vom Tode.

»Das habe ich nun davon«, dachte ich, »daß ich nicht wirklich gestorben bin.«

Manchmal versuchte ich, mit ihm über etwas anderes zu reden; es schien aber, daß Signor Paleari für das Schauspiel des Lebens um ihn herum keine Augen hatte; er schritt fast immer mit dem Hut in der Hand dahin; in gewissen Momenten hob er ihn hoch, als wollte er irgendeinen Schatten grüßen, und rief aus:

»Unsinn!«

Ein einziges Mal nur richtete er eine Frage an mich, die meine Person betraf:

»Warum sind Sie in Rom, Signor Meis?«

Ich zuckte mit den Achseln und antwortete:

»Weil es mir hier gefällt ...«

»Dabei ist es doch eine traurige Stadt«, meinte er und schüttelte den Kopf. »Viele Leute wundern sich, daß hier keine Unternehmung gelingt, kein lebendiger Gedanke gedeiht. Sie wundern sich, weil sie nicht begreifen wollen, daß Rom tot ist.«

»Auch Rom ist tot?« rief ich betroffen aus.

»Schon seit langem, Signor Meis! Und jede Anstrengung, es wieder zum Leben zu erwecken, ist vergeblich, glauben Sie mir. Verschlossen im Traum seiner majestätischen Vergangenheit will es nichts mehr von diesem kleinlichen Leben wissen, das hier beharrlich ringsum weiter wimmelt. Wenn eine Stadt einmal ein Leben gehabt hat wie Rom, ein so überragendes und einzigartiges, dann kann es nicht mehr eine moderne Stadt werden, das heißt eine Stadt wie jede andere. Rom liegt mit seinem großen, zerbrochenen Herzen hinter dem Kapitol. Sind denn diese neuen Häuser hier vielleicht Rom? Sehen Sie, Signor Meis. Meine Tochter Adriana hat mir von dem Weihwasserbecken erzählt, das in ihrem Zimmer war, erinnern Sie sich noch? Adriana entfernte es aus Ihrem Zimmer, dieses Weihwasserbecken; am nächsten Tag aber fiel es ihr aus der Hand und zerbrach: nur die kleine Schale blieb ganz, die steht jetzt in meinem Zimmer, auf meinem Schreibtisch, und dient dem gleichen Zweck, zu dem Sie sie in Ihrer Zerstreutheit verwendet hatten. Nun, Signor Meis, Rom erfährt ein solches Schicksal. Die Päpste hatten – auf ihre Art, versteht sich – aus der Stadt ein Weihwasserbecken gemacht; wir Italiener haben – auf unsere Art – aus ihr einen Aschenbecher gemacht. Von überall her sind wir gekommen, um unsere Zigarrenasche hier abzustreifen, und die ist nichts anderes als das Symbol der Nichtigkeit dieses unseres jämmerlichen Lebens und der bitteren und vergifteten Freuden, die es uns bietet.«

Die Leidenschaft des Bohnenkernverkäufers

Pier Paolo Pasolini

Drei Uhr nachmittags auf dem Campo dei Fiori. Im Regen, der den Geruch nach Elend ein wenig auffrischte, stand Morbidone, der große Sanfte, mit der Schulter an eine schmutzige Hausecke gelehnt und wartete, daß die Zeit verging: die eisernen Rolläden des Borgia waren nämlich noch geschlossen. Dann aber hatte er genug vom Stillstehen, versetzte einer Bananenschale einen Fußtritt, und ging, nachdem er sich mit gemächlichen Bewegungen von der Hausecke gelöst hatte, auf die Statue von Giordano Bruno zu, die vom Regenwasser glänzte. Kleine Jungen spielten auf dem Straßenpflaster mit Murmeln, Mädchen liefen unter roten Schirmen vorbei.

Welch eine Stille! Langsam wie die halbe Stunde, die vorübergehen mußte, rauschte der Regen auf die Steine und grub Gerüche nach Ambossen, nach schmutzigen Wohnungen, nach feuchten Bettüchern aus. Der Morbidone hatte ein Gesicht, das finsterer war als der Himmel: der sich inzwischen schon wieder aufhellte. Später, wenn die Rolläden des Borgia kurz vor vier rasselnd vor der aufgeregten Menschenmenge hochgehen, wird der Himmel fast ganz wolkenlos sein, von einem blassen milchigen Blau.

Vorerst noch schoben sich die Wolken hoch über den düsteren Fassaden langsam ineinander. Über dem Palazzo Farnese war der Himmel ein Fächer aus Schatten.

Der Morbidone sah sich die Schaufenster an, die im Halbdunkel lagen wie ein Zimmer sehr früh am Morgen, wenn die Betten noch nicht gemacht sind. Aber da, plötzlich, welch eine Pracht! Die Hände in den Taschen, das schwarze Haarbüschel an der Stirn klebend, die olivfarbenen Wangen überströmt vom Regenwasser, das in vielen Rinnsalen an ihnen herabläuft, mit blitzenden Augen – der Morbidone blieb wie verzaubert stehen, um das Meisterwerk auf dem Campo dei Fiori zu betrachten.

Es handelte sich um eine himmelblaue Strickjacke. Groß war sie, wie für den stämmigen Oberkörper eines Boxers gemacht. Breit an den Schultern und an der Brust wie ein Saum des Meeres, eng in der Taille. Und von einem verhaltenen, aber insgeheim leuchtenden Himmelblau: ein bißchen Sonne auf dem Campo dei Fiori und dieses Blau hätte die Augen geblendet.

Ein breiter gelber Streifen durchquerte die Strickjacke vom Hals bis zum Gürtel und teilte die Brust in zwei große Flächen: zwei weitere, ebenso gelbe, aber etwas schmalere Streifen liefen an der Außenseite der Ärmel entlang.

Sie hing mitten im Schaufenster an einem Haken, geöffnet – wachsam: und mit ihrer Schönheit stellte sie alle anderen Sachen im Schaufenster in den Schatten. Der Morbidone trennte sich seufzend von dem Anblick: er ging den Campo dei Fiori auf und ab – blieb vor den Heften des Zeitungshändlers stehen – traf den Cravatta, die

Krawatte, und Remo, die zur Piazza del Popolo gingen, um Parfüm zu verkaufen – aber immer hatte er diese himmelblaue Strickjacke vor den Augen.

Er ging zurück, um sie noch mal anzuschauen. Sie war wirklich wunderbar. »Meine Fresse«, murmelte der Morbidone vor sich hin, »da is ja nu wirklich alles dran.« Mit düsterem Gesicht setzte er einen Fuß in den Laden und fragte die Alte nach dem Preis.

»Sechstausend«, sagte die Alte.

Wenig später öffnete das Borgia. Die Dienstmädchen, Kinder und jungen Kerle stürzten herein und füllten den Zuschauersaal, der, weil er noch halbleer war, mehr als sonst von ihren ausgelassenen Rufen widerhallte. Einige rauchten, die Beine auf der Rückenlehne des Vordersitzes ausgestreckt, andere gaben sich Boxhiebe auf die Schultern. Der Morbidone nahm seine Kiste und begann, in dem dunklen und feuchten Zuschauerraum seine Runden zu drehen.

Spät in der Nacht war der Himmel ganz klar. Er wimmelte von Sternen. Vom Park der Villa Sciarra und vom Gianicolo her kam der Duft der nassen Büsche, und der Tiber floß glitzernd unter dem Schimmer des sternenübersäten Himmels.

Schon halb im Schlaf nahm Morbidone die alte Linie 13, streckte sich mit den Händen in den Taschen auf dem Sitz aus und konnte sich jetzt endlich in Gedanken ganz auf die blaue Strickjacke konzentrieren. Die blaue Jacke kroch ihm in den Brustkorb, der wie durch ein Wunder doppelt so groß und kräftig wurde. Der Boxkampf war gerade zu Ende, und Morbidone hatte gewonnen, k.o. Im Umkleideraum hatte er geduscht, mit den Freunden gescherzt und dann die Strickjacke angezogen, die in den Augen der jungen Männer sofort ein neidisches Glänzen geweckt hatte. Bei Luciano und Gustarè mehr als bei allen anderen. Dann waren sie auf die Straße rausgegangen, und die Blicke aller kleinen Miezen galten nur ihm.

Und dann am Sonntag, in Ostia – nein, beim Fußballspiel. Roms Mannschaft habe gewonnen – zum Ärger von Luciano und Gustarè – und er sei mit der blauen Strickjacke in einen Tanzsaal im Trionfale Viertel tanzen gegangen, wo sein Cousin immer hinging: und er habe mit den schönsten Mädchen getanzt. An der Endstation war es aus mit dem Traum.

In der Gegend um die Via Donna Olimpia kennen sich alle, es ist wie ein Dorf. Bevor er zu Hause ankam, traf er Luciano und den Zagaja, den Spieß, die gerade über das Fußballspiel sprachen. Er blieb bis spät in die Nacht mit ihnen zusammen. Zu Hause angekommen, bekam er Streit mit seinem Vater, der aufgeblieben war, um auf ihn zu warten, und der Vater schlug ihn. Morbidone ging ins Bett und beschloß, am nächsten Tag von zu Hause wegzulaufen. Er hatte sieben Hunderter auf die Seite gelegt.

Am nächsten Tag jedoch änderte er seinen Entschluß: die sieben Hunderter sollten den Grundstock bilden für die Sechstausend, die nötig waren, um die Strickjacke zu kaufen. Aber die Leidenschaft für die Jacke hatte ihn vergiftet. Mittags stritt er wieder mit seinem Vater, und da beschloß er, für immer von zu Hause wegzugehen. Die

Strickjacke würde er sich trotzdem kaufen, vielleicht indem er das Geld stahl. Das Wetter war jetzt wieder schön geworden, fast wie im August. Am Fluß waren Leute, die badeten. »Gut für mich«, sagte der Bohnenkernverkäufer, »denn heute nacht muß ich unter freiem Himmel schlafen.« Er ging zur Arbeit ins Borgia und kam spät in der Nacht wieder heraus. Die alte 13 nahm er nicht und stieg auch nicht zur Donna Olimpia hinauf. Beim Gehen konnte er außerdem besser träumen. Mit der blauen Strickjacke im Herzen ging der Morbidone langsam den Gianicolo hinauf und streckte sich dann auf einer Bank aus. Aber es war schwierig, auf einer harten Unterlage einzuschlafen! Das herrliche Blau der Strickjacke leistete ihm Gesellschaft im Schatten der großen Pflanzen: zwischen ihren Blättern blickten die Sterne hervor; und dann kam der Mond dazu und leuchtete, umgeben von einem goldenen Hof.

Der Morbidone zitterte vor Kälte, und der Schlaf senkte sich schwer auf seinen eiskalten Körper. Er wachte sehr früh auf, als die Sonne sich gerade über den Horizont erhoben hatte und Rom mit einem schlaftrunkenen Licht überflutete. In den verlassenen Park des Gianicolo kamen zwei junge Männer mit grauen Pullovern, blauen Hosen mit elastischem Bund an den Knöcheln und Gummischuhen. Sie fingen an, Sprünge zu machen, Boxhiebe in der Luft auszuteilen und mehrmals schnell um den Platz herumzurennen. Morbidone sah ihrem Training zu, dann, als sie weggingen, begleitete er sie auf dem Weg hinunter in die Stadt.

Auf dem Campo dei Fiori herrschte ein höllisches Durcheinander. Die Farben und die Stimmen überschlugen sich wie verrückt unter der bereits sengenden Sonne. Da wurde geschrieen, geschimpft, die Waren wurden ausgerufen, Karren, Fahrräder, Lastautos fuhren kreuz und quer, es herrschte ein Lärm wie auf einem Kirchweihfest. Der große Sanfte klaute sich etwas Obst und aß es. Dann ging er vor das Schaufenster, um einen zärtlichen Blick auf seine Liebe zu werfen.

Geschichten vom Ufer des Tiber
Luigi Malerba

Mozziconi Vorname und Nachname

Mozziconi hatte keine Freunde, weil er keinen Vornamen hatte. Er hieß nur Mozziconi. Der Nachname genügt aber nicht; für die Freunde braucht man auch einen Vornamen: Pippo, Tito, Tonino, Romoletto, Gigino. Er aber hatte nur den Familiennamen Mozziconi. Man kann vermutlich auch Freunde haben, wenn man Marcantonio, Gianfilippo, Antongiulio, Giovanbattista oder Piernicola heißt. Oder Baldassarre oder sogar Aristodemo. Mozziconi hatte einmal einen Ermengildo gekannt, der jeden Abend in der Kneipe Karten spielte. Wenn er Karten spielte, so hieß das, daß er mehr als einen Freund hatte.

Mozziconi tat es leid, daß er nur Mozziconi hieß und darum keine Freunde hatte.

– Und wenn ich denke, sagte er, daß gewisse alte Römer sogar zwei Vornamen pro Kopf hatten und überhaupt keinen Familiennamen wie Julius Cäsar oder Marcus Antonius oder Cäsar Augustus oder Pius Antonius. Doch waren das fast alle Kaiser und es ist ja bekannt, daß die Kaiser machen, was sie wollen. Es ist sinnlos, sich mit diesen Schlitzohren zu vergleichen.

Mozziconi wohnte in einer widerrechtlich erstellten Baracke außerhalb der römischen Stadtmauern, das heißt im Quartier des Aquädukts Felix.

Die Baracke war zwar widerrechtlich erstellt, doch die Stadtverwaltung schickte jedermann Steuerrechnungen, auch für den Müll, den niemand je abholte, und für die Abwässer.

– Wo sind die Abwässer? Ich sehe keine Kanäle, ihr Betrüger!

Mozziconi war von morgens bis abends wütend.

Hie und da kamen die Polizisten, um alle wegzujagen. Sie tauchten plötzlich auf mit ihren schnellen Autos, die Panther oder Gazellen heißen, und sagten, jetzt bringen wir euch alle ins Gefängnis von Regina Coeli. Die Leute vom Aquädukt Felix legten sich mitten auf die Straße und die Polizisten mußten nach Hause, das heißt in die Kaserne, zurückkehren.

Um die Steuern für Müll und Abwässer nicht zu zahlen und nicht weggejagt zu werden, mußten die armen Leute viele Stunden am Tag auf der Straße liegen.

– Ich hau ab hier! sagte Mozziconi ständig. Er wußte aber nicht, wohin er gehen sollte. Nach rechts oder nach links, aufwärts oder abwärts, in die Stadt oder aufs Land oder wohin denn? Vielleicht würde er eine waldige Wiese, ein ebenes Gebirge oder einen steinigen Sandstrand am Ufer des Meeres finden oder sogar eine Stadt ohne Straßen und ohne Häuser. Solange er aber ein Haus ganz allein für sich hatte, würde es für ihn doch schwierig sein wegzugehen.

An einem Tag voll Regen, Wind und großer Wut entschloß sich Mozziconi, sein Haus zum Fenster hinauszuwerfen.

Er begann damit, die Möbel hinauszuwerfen. Zwei Stühle, eine Seegrasmatratze, ein Tischchen, eine Truhe und ein Nachttischchen. Dann warf er einen Kochtopf, eine Pfanne, sechs Teller, zwei Gabeln, einen Korkzieher und vier Löffel zum Fenster hinaus.

Die Leute, die auf der Straße vorbeikamen, lasen alles auf, was Mozziconi hinauswarf. Er warf auch ein silbernes Tellerchen hinaus, das er einmal bei einer Lotterie gewonnen hatte, und zudem viele Pakete alter Zeitungen, Leintücher aus Wolle und Decken aus Baumwolle. Mozziconi hatte ganz eigene Vorstellungen von Wolle und Baumwolle, warm und kalt, und vielem anderen.

– Nehmt nur, nehmt, sagte er zu denen, die unter dem Fenster vorbeigingen.

– Was machst du denn, Mozziconi? fragte ein Dieb, dem es nie gelungen war, etwas zu stehlen.

– Das siehst du doch, oder? Ich werfe mein Haus zum Fenster hinaus.

– Das ganze Haus?

– Jawohl.

– Läßt du mich etwas stehlen?

– Du kannst nehmen, was du willst.

– Ich will aber stehlen.

– Stiehl, was du willst.

– Nein. Du mußt tun, als würdest du schlafen, ich trete heimlich ein, stehle etwas und laufe weg.

– Dazu habe ich keine Zeit.

– Wenn du mich etwas stehlen läßt, zahle ich dafür, sagte der Dieb und zog seine Brieftasche heraus.

– Ich habe schon fast alles rausgeworfen.

– Mir reicht wenig.

– Ein Ofen aus Gußeisen steht noch da.

Der Dieb trat ins Haus ein, versuchte, den Ofen zu nehmen, doch er war zu schwer. Er half Mozziconi, ihn aus dem Fenster zu werfen.

– Anstatt zu stehlen, habe ich gearbeitet.

Der Dieb ging weinend weg. In seinem ganzen Leben war es ihm nicht gelungen, etwas zu stehlen, und auch diesmal war es wieder schiefgegangen.

Mozziconi geht

Als sie merkten, daß Mozziconi das Haus demontierte, machten sich auch die Tierchen, die mit ihm zusammen wohnten, aus dem Staub: Küchenschaben, Ameisen, Spinnen, Tausendfüßler, Wanzen, Flöhe, Läuse und ein paar Skorpione. Wie die Ratten, die das sinkende Schiff verlassen, liefen alle diese Tierchen in einer Reihe aus Mozziconis Haus, das bald abgebrochen sein würde. Die Mäuse waren schon bei den ersten Hammerschlägen verschwunden. Am Ende der Reihe liefen die drei Skorpione, die schief gingen, als wären sie betrunken.

– Geht nur, geht, sagte Mozziconi, wohin ihr wollt, ihr könnt aber auch bleiben, besser allerdings ist es schon, wenn ihr geht. Wenn ihr aber lieber bleibt, so könnt ihr auch gern bleiben.

Mit Hammer und Zange machte Mozziconi das Waschbecken und den Hahn los. Um das Waschbecken tat es ihm leid, weil es fast neu war; den Hahn warf er aber gern weg, weil er schadhaft war und das Wasser nicht durchließ. Zwar gab es kein Wasser, weil es auch keine Röhren und überhaupt keine Wasserleitungen zu den widerrechtlich erstellten Baracken gab. Da diese Baracken aber in der Nähe des antiken Aquädukts Felix standen, schickte die Stadtverwaltung Wasserrechnungen und wurde wütend, wenn die Leute sie nicht bezahlten.

Nach dem Waschbecken und dem Hahn begann Mozziconi den Fliesenboden zu zerschlagen. Die ganze Nacht warf er Fliesen und Pflastersteine und viel Mörtel auf die Straße. Dann warf er auch die Ziegel und die Dachbalken hinaus.

Am anderen Morgen kam ein Polizist und wollte ihm eine Strafe geben, weil er all das Zeug auf die Straße geschmissen hatte, und Mozziconi sagte, schreib nur.

– Nachname und Vorname, sagte der Polizist mit dem Bleistift in der Hand.

– Mozziconi.

– Und weiter?

– Das ist alles.

– Du hast doch einen Vornamen?

– Nein.

Mozziconi erklärte dem Polizisten, daß er keinen Vornamen und deshalb auch keine Freunde habe und den Entschluß gefaßt habe, das Haus abzubrechen und irgendwohin weit weg zu gehen. Es fehlte nicht viel, und dem Polizisten wären die Tränen gekommen, und dabei war er einer der strengsten des Quartiers.

In der Nacht darauf gelang es Mozziconi, sein Werk zu vollenden, das heißt die vier Mauern seines Hauses, Stück für Stück, aus dem Fenster zu werfen. Es blieb nur das Fenster mit dem Fensterbrett, das Fensterkreuz und die Fensterumrandung übrig.

Mozziconi machte das hölzerne Fensterkreuz los und warf es hinaus. Dann demontierte er, Pflasterstein um Pflasterstein, auch die Umrandung und warf sie auf die Straße. Am Schluß warf er das Fenster mit den Scheiben und den Läden hinaus. Das Fensterbrett aus Travertinstein war zu schwer und er ließ sich von zwei Jungen helfen, die zufällig vorbeikamen.

Jetzt gab es kein Haus mehr und sogar das Fenster war verschwunden. Es gab nur noch ein Stück Mauer unter dem Fensterbrett. Mozziconi machte es kaputt, stapfte durch den Schutt und ging mit den Händen in der Tasche weg.

– Und wohin gehe ich nun?

Er schaute sich um und überlegte, wohin er gehen wollte. Es gab viele Straßen, Schilder, Verkehrsampeln, Signale, aber er konnte sich nicht zurechtfinden, weil er die vier Himmelsrichtungen vergessen hatte.

Mozziconi gegen Rom

Mozziconi hatte keine Ahnung, wohin zu gehen er sich entschlossen hatte. Er durchquerte die Stadt, ging am Tiberufer entlang und blieb in der Nähe des Ponte Sisto stehen. Hier schaute er sich um und ging dann die Treppe hinunter, die ans Ufer des Tibers führt.

– Ich wette, daß ich mich entschlossen habe, ausgerechnet da hinunterzugehen.

Nach ein paar Stufen wandte er sich um.

– Du magst ja schön sein, Rom, aber du gefällst mir nicht.

– Was gefällt dir nicht? fragte ein Spaziergänger, der zufällig vorbeiging.

– Rom.

– Warum?

– Weil es mich ekelt.

Der Spaziergänger blieb stehen und betrachtete mit offenem Mund den zerlumpten Kerl, den es vor Rom ekelte.

Mozziconi stieg weiter die Stufen hinunter, die in jener Jahreszeit mit faulen glitschigen Blättern bedeckt waren.

– Paß auf, daß du nicht ausrutschst, sagte Mozziconi, der sich in vielen Jahren der Einsamkeit daran gewöhnt hatte, Selbstgespräche zu führen.

Er rutschte auf den faulen Blättern nicht aus, wie er es erwartet hatte. Er kam unten heil und gesund an wie Christoph Kolumbus, als er in Amerika an Land ging.

– Das ist ein Ort, wo es mir gefällt, auch der Vergleich mit Christoph Kolumbus gefällt mir.

Mozziconi blieb einen Augenblick stehen und hätte gern ein Sprichwort für die Gelegenheit erfunden, zum Beispiel eines über die Treppen, die man hinauf- oder hinuntergeht, aber es fiel ihm überhaupt nichts dazu ein.

Mozziconi unter den Brücken

Von diesem Tag an betrat Mozziconi die Straßen von Rom nicht mehr.

Hier unten gibt es Erde, Wasser und Luft, sagte Mozziconi, hier kann ich gut leben. Und wenn es regnet, findet man unter den Brücken Zuflucht.

Mozziconi säte da und dort ein wenig Salat, Zucchetti, Bohnen, Artischocken, Erdbeeren und Tomaten. Woher er den Samen zum Säen hatte, weiß ich nicht; aber schließlich ist das eine Art Märchen, und da fragt man nicht so genau, woher einer den Samen zum Säen hat. Gewiß ist jedoch, daß Mozziconi kein besonders großes Vertrauen in die Menschen im allgemeinen hatte und noch viel weniger in Vagabunden wie er und am allerwenigsten in die Bettler, die sich am Tiberufer herumtrieben. Aus diesem Grund streute er sein Gemüse an verborgenen Plätzen aus, hinter Sträuchern, längs der Quaimauer, weit ab von den Wegen.

Auf dem fetten und feuchten Sand wuchs alles sehr rasch und ohne Dünger, weil das Tiberufer seit Jahrhunderten eine Art Düngerhaufen ist, auf den die Römer ihre Abfälle werfen. Mozziconi säte auch Oliven, Birn-, Kirsch-, Apfel-, Nuß- und Pflaumenbäume. Dann setzte er sich hin und wartete, bis die Gemüse und Bäume, die er gesät hatte, wuchsen.

Nach und nach würde das Ufer ein Gemüse- und Obstgarten werden.

Mozziconi und die Schnellstraßen

Es ist bekannt, daß die Zeitungen im August nicht wissen was schreiben und dann einfach etwas erfinden. Auch Mozziconi wußte das, doch als eine römische Zeitung schrieb, daß man auf beiden Tiberufern Schnellstraßen bauen müsse, ergriff ihn eine solche Wut, daß er allen Speichel, den er im Mund hatte, ausspuckte.

– Und wohin gehe dann ich?

Mozziconi schloß die Augen und sah schon die Autos, die über die asphaltierten Tiberufer flitzten, daß er nicht mehr atmen konnte und schon halb erstickt war. Man hatte offensichtlich schon wieder Erdöl gefunden, aus dem man Benzin machen konnte. Die Zeitungen erklärten, daß die italienischen Händler es versteckt hatten, um es später teurer zu verkaufen.

– Verfluchte Spekulanten!

Wahrscheinlich hatten die Erdölspekulanten nun auch die Zeitungen gekauft, damit sie befehlen konnten, was zu schreiben war, und dann hatten sie auch die Richter gekauft, damit sie nicht ins Gefängnis geschickt wurden. Nun stand in den Zeitungen zu lesen, man müsse den armen Erdölhändlern helfen und viele neue Straßen bauen, die Eilstraßen am Tiberufer inbegriffen.

Mozziconi sah diese Straße wie in einem bösen Traum vor sich, doch wenn er die Augen öffnete, stand er barfuß im Sand des Wegs, welcher die Quaimauer entlangführte. Zum Glück. Die Asphaltstraße gab es noch nicht, er nahm erst den Gestank und den Lärm des Verkehrs wahr, den er sich in Gedanken vorstellte. Er hielt sich die Nase zu, um den Gestank nicht zu riechen, und verstopfte sich auch die Ohren mit zwei Schlammkügelchen, damit er den Lärm nicht hörte. Es war aber nicht möglich, den ganzen Tag so verstopft umherzugehen.

Mozziconi versuchte, mit den Füßen aufzustampfen, weil das manchmal hilft, um ein Problem zu lösen. Dabei trat er auf eine Glasscherbe, die ihm in die Ferse schnitt. Er bückte sich, um die Wunde zu lecken, wie es die Hunde und die anderen Tiere machen, und dabei trafen ihn faule Tomaten, abgenagte Knochen und schimmlige Brotrinden am Kopf, die aus einem Kessel mit Küchenabfällen zum Tiberufer herunterfielen.

Mozziconi schrieb einen Fluch auf ein Stück Papier, steckte es in eine Flasche aus schwarzem Glas, warf sie ins Wasser und verließ seinen Weg im Sand.

Mozziconi schreibt ein Wort

Mozziconi verließ seinen Weg und legte eine neue Spur im Sand an, weiter weg von der Quaimauer, an der Sonne. Es war aber nicht mehr wie vorher, weil hier die Erde, das heißt der Sand unter seinen Füßen glühte und die Sonne auf seinen Kopf brannte. Und seit die schurkischen Minister und die betrügerischen Erdölspekulanten alle Skandale versanden ließen, machte es Mozziconi überhaupt keinen Spaß mehr, barfuß im Sand zu gehen. Denn es ist ja klar, daß man, um etwas rasch versanden zu lassen, dorthin geht, wo der Sand am nächsten ist, und das ist natürlich am Tiberufer. Mozziconi zog seine Schuhe an, weil er den Sand nicht mehr mit den Füßen berühren wollte, er ekelte sich davor.

– Geht anderswohin, wenn ihr etwas versanden lassen wollt!

Die Schurken kamen jedoch in der Nacht die Treppen herunter, machten Löcher in den Sand und begruben Diebstähle, Erpressungen, Betrügereien, Unterschlagungen, Unterlassungen, Spekulationen, Veruntreuungen, Schiebungen und viele andere Machenschaften. Mozziconi befürchtete, all diese begrabenen Transaktionen würden wie die Tomaten und der Salat wieder hervorsprießen. Seine Wut gegen all diese Gauner, Spitzbuben, Schwindler, Betrüger und Spekulanten stieg wie das Wasser des Tibers, wenn es regnet. Er versuchte Schimpfworte zu rufen, aber seine Stimme trug sie nicht bis dorthin, wo man sie hören sollte. Da beschloß er, das Wort zu schreiben, das sie verdienten, und zwar so, daß es aus dem Boden wuchs und nicht ausgelöscht werden konnte, sondern im Gegenteil im Laufe der Jahre größer und deutlicher würde.

– Ich will sehen, wie die dreinschauen, wenn sie es lesen werden!

Zuerst ging er auf die Suche nach wilden Kirschsträuchern und legte sie auf einen Haufen auf einer schönen Fläche von glattem Sand, gerade gegenüber dem Lungotevere Flaminio. Er pflanzte ungefähr zwanzig Sträucher, so daß sie die Form eines Großbuchstabens darstellten, und dieser erste Buchstabe war ein S. Der zweite war ein C und der dritte ein H, alle in Druckschrift. Der vierte war ein E, der fünfte I, der sechste S und der siebte nochmals S. So war es klar, was Mozziconi mit den wilden Kirschsträuchern für ein Wort schreiben wollte, auch weil der letzte Buchstabe ein E war.

In ein paar Tagen war das Wort ganz geschrieben in schönen Druckbuchstaben. Mozziconi hatte eine neue Sprache gewählt, um seine Botschaft zu verkünden.

Mozziconi lacht

Am nächsten Tag blieb ein Polizist an der Brüstung über dem Tiberufer stehen und steckte sich eine Zigarette an, obwohl das während des Dienstes verboten war. Dabei fiel sein Blick auf das Wort, das im Sand des Tiberufers mit wilden Kirschsträuchern geschrieben war. Er wäre fast vom Schlag getroffen worden.

– Aber sieh mal an, was für ein übler Streich gegen die Stadt Rom, gegen unsere Hauptstadt. Welche Schande!

Der Polizist drückte die Zigarette aus und steckte die Kippe in die Tasche, in der Absicht, sie später zu rauchen. Dann ging er in die Kaserne und schrieb ein Protokoll, um seinem Kommandanten den Vorfall zu melden.

Sein Kommandant nahm einen Augenschein, das heißt er ging das Wort lesen, und schrieb ein weiteres Protokoll, für den Kommandanten aller römischen Kommandanten.

Der Kommandant aller römischen Polizisten ging selbst zum Tiberquai, um das Wort zu lesen, und schrieb dann ein Protokoll, das er direkt dem Bürgermeister schickte.

Der Bürgermeister wurde zornig, weil er vermutete, das Ganze sei ein Scherz des obersten Polizeikommandanten; dann schickte er aber ganz im geheimen einen Inspektor an den Tiberquai.

Der Inspektor lehnte sich über die Mauerbrüstung, las das Wort, kehrte dann zum Bürgermeister zurück und flüsterte es ihm ins Ohr und bestätigte das Protokoll, das auf seinem Tisch unter einem Stapel von anderen Papieren lag, damit es von niemandem gelesen werden konnte.

Mozziconi versteckte sich im Gebüsch und lachte den ganzen Tag über das Kommen und Gehen der Polizisten und Inspektoren, die sich über die Mauer beugten, um das Wort zu lesen, das er geschrieben hatte und jeden Morgen mit Wasser begoß, damit es schneller wuchs.

Die Sache mit diesem Wort ging nun von einer Amtsstelle zur andern und jeden Tag kamen Polizisten, Carabinieri, Inspektoren, Kontrolleure, Sekretäre und alle anderen Funktionäre an den Tiberquai.

Es kamen auch zwei schwarzgekleidete Männlein, welche das Wort lasen und sich dann nachdenklich anschauten.

Mozziconi und der Bürgermeister von Rom

Auch die Touristen fingen an zum Tiberquai zu pilgern, weil die Sache nun allgemein bekannt war. Jeden Tag lehnten sich eine Menge Leute über die Brüstung und machten ihre Kommentare. Manche lachten, andere dagegen waren wütend und sagten, es sei eine Schande, ein solches Wort so groß und so gut sichtbar zu schreiben, am Ufer unseres schönen Flusses inmitten unserer schönen Hauptstadt.

Der Bürgermeister wurde über alles, was geschah, informiert und bekam große Angst davor, daß die Zeitungen es erfahren und einen Skandal machen würden. Deshalb gab er den Befehl, ein Grüppchen Arbeiter mit Hacken und Schaufeln an den Tiber hinunterzuschicken und das Wort zu beseitigen.

– Um das Wort zu beseitigen, muß man die wilden Kirschensträucher ausreißen, sagte ein Assessor.

– Natürlich! sagte der Bürgermeister.

– Das ist aber verboten, sagte der Assessor, es gibt ein strenges Gesetz zum Schutz der Natur, das verbietet, wilde Kirschensträucher am Tiberufer abzuschneiden oder auszureißen.

Wenn man erfahren hätte, daß ausgerechnet der Bürgermeister dieses Gesetz zum Schutze der Natur verletzte, hätte auch das einen Skandal gegeben, umsomehr, als dieser Bürgermeister von jedermann gehaßt wurde, weil er ein großer Betrüger, Schieber und Schwindler war.

– Was machen wir also?

– Da gibt's nichts zu machen.

Der Bürgermeister wurde sehr zornig, lief rot an im Gesicht und schlug die Fäuste auf den Tisch, doch wagte er es nicht, gegen das Gesetz zu handeln.

– Wir tun einfach so, als sei nichts geschehen.

Das war eine Methode, die sich schon oft bewährt hatte. Wenn jemand ihn eines Vergehens beschuldigte, tat er, als sei nichts geschehen, und unterdessen zettelte er eine andere Missetat an, welche die Aufmerksamkeit der Leute auf sich zog und die vorangehende vergessen ließ. So war er von Skandal zu Skandal der schlechteste Bürgermeister von Rom geworden.

Diesmal war das Neue jedoch, daß die Leute lachten, anstatt zornig zu werden. Alle Römer und alle Durchreisenden gingen zum Tiberquai, schauten zum Ufer hinunter und lachten aus vollem Hals. Und Mozziconi, der im Gebüsch versteckt saß, lachte ebenfalls aus vollem Hals.

Manche ausländischen Touristen, die sich vielleicht nur einen Tag in Rom aufhielten, besuchten das Kolosseum und den Papst und liefen dann zum Tiberquai. Denn die Zeitungen hatten die Sache veröffentlicht und die Reisebüros setzten in ihre Programme auch einen Halt am Tiberquai ein, um das Wort zu lesen. Kein anderes Wort hatte je den italienischen Tourismus so gefördert wie jenes, das Mozziconi ans Tiberufer geschrieben hatte. Millionen und Millionen guter Währung.

Die Reisebusse hielten an, die Touristen lehnten sich über die Brüstung und das Wort wurde von den Reiseleitern in alle Sprachen übersetzt.

Mozziconi hat die erste Genugtuung

Der Bürgermeister wagte es nicht mehr, sich öffentlich zu zeigen, weil alle Leute hinter seinem Rücken lachten und sagten, jenes Wort sei für ihn geschrieben worden. Nach ein paar Monaten mußte er zurücktreten, und alle waren zufrieden. Die Römer lachten auf den Straßen, in den Häusern, Tag und Nacht, bei Regen und Sonnenschein. Beim Aquädukt Felix machten die Leute ein großes Fest und alle betranken sich einen ganzen Tag lang, die Nacht inbegriffen.

Die betrügerischen und korrupten Minister erhielten, einer nach dem andern, die Nachricht von dem Wort am Tiberufer und alle glaubten, es gelte ihnen, weil sie es verdient hatten. Manche setzten sich in die Schweiz ab, wo sie frische Luft, einen blauen Himmel, schneebedeckte Berge, Käse mit Löchern und Banken mit großen Kühlschränken fanden, wohin sie ihr Geld schon früher zur Aufbewahrung gebracht hatten, damit es nicht verderben konnte. Einer von ihnen, der nicht mehr auf die Straße konnte, weil alle ihn anspuckten, beschloß sogar Selbstmord zu machen. Er stellte sich auf einen Stuhl und stürzte sich kopfüber auf den Boden. Leider wurde nicht sein Kopf, sondern der Fußboden beschädigt.

Der schurkische Bürgermeister wurde ins Gefängnis gesteckt.

– Das ist der Anfang! sagte Mozziconi, als er die Nachricht ungefähr einen Monat später aus einer alten Zeitung erfuhr, die einer der üblichen Schmutzfinken zusammen mit anderen Abfällen von der Quaimauer herunterwarf.

Das Empfehlungsschreiben

Alberto Moravia

Arbeitslos und erschöpft, unter meiner einzigen Jacke mein einziges, schweißgetränktes Hemd und meine einzige Krawatte, die nur noch ein Strick war, im Kopf benebelt und völlig meinem laut knurrenden Magen ausgeliefert, hielt ich es für das beste, mich mit einem meiner Freunde zu beraten, mit dem ich obendrein durch Johannes den Täufer verbunden war, weil ich einige Zeit zuvor einen seiner Söhne bei der Taufe gehalten hatte. Dieser Freund, ein Busenfreund sogar, hieß Pollastrini und arbeitete als Chauffeur für zwei alte Fräulein, die einen Wagen hatten, der noch älter war als sie und den sie im Durchschnitt zweimal pro Woche benutzten: eine ideale Stellung. Ich fand ihn in der Garage, den Kopf unter der Motorhaube; als er mich sah, erkannte er sofort an meinem Gesicht, daß es mir schlechtging, und gab mir, noch bevor ich einen Ton gesagt hatte, eine Zigarette. Ich zündete sie mit zitternder Hand an und erklärte ihm meine Lage. Er kratzte sich ratlos am Kopf und erwiderte dann: »Johannes der Täufer schätzt keine faulen Ausreden … Da uns beide Johannes der Täufer verbindet, sage ich dir lieber gleich die Wahrheit: Die Zeiten sind schlecht, es gibt keine

Arbeit, und es wird in Zukunft noch weniger geben; hier spricht man davon, daß es bald, wenn es so weitergeht mit dieser reizenden Angewohnheit der Leute, ihre Autos selber zu fahren, keine Chauffeure mehr geben wird … Weißt du, was ich mache? Ich schicke dich zum Rechtsanwalt Moglie, der mir seinerzeit so geholfen hat.« Er fügte hinzu, dieser Moglie kenne halb Rom, und wenn er könne, tue er immer gern einen Gefallen, und schließlich, eine Hand wäscht bekanntlich die andere. Während er dies sagte, war er zur Telefonzelle in der Garage gegangen und rief von dort den Rechtsanwalt an. Dieser Moglie schien sich wohl nicht mehr so recht an Pollastrini zu erinnern, denn das Telefongespräch dauerte eine ganze Weile und Pollastrini sprach in ziemlich eindringlichem Ton. Doch schließlich sagte er mir, ich solle ruhig zu ihm gehen: Moglie erwarte mich. Er gab mir noch eine Zigarette, ich dankte ihm und ging.

Es war noch früh, aber es herrschte bereits jene ganz besondere Sommerhitze, die von den Römern »Callaccia« genannt wird, eine kochende Hitze, die nicht abnehmen will, weil die Sonne sie am von den heißen Schirokko-Tagen dunstigen Himmel staut. Die Ringbahn erschien mir vor meinen Arbeitslosenaugen, umflirrt von Sonne und Staub, wie eine Dreschmaschine auf dem Feld zur Erntezeit; sie war überfüllt, und draußen auf den Trittbrettern hingen Trauben von Menschen. Ich hängte mich ebenfalls außen an und berührte aus Versehen die metallene Seitenwand des Wagens: Sie war glühend heiß. So angeklammert fuhr ich sämtliche Lungoteveri bis zur Piazza

Cavour entlang, der Rechtsanwalt wohnte in der Via Pierluigi da Palestrina. Ich komme an, springe ab, laufe ein Stück, steige in einem vornehmen Haus acht Treppen hinauf, läute, ein Hausmädchen führt mich in ein großes, schönes Vorzimmer mit zwei goldgerahmten Spiegeln und zwei Konsolen aus gelbem Marmor. Ich wartete im Stehen: Mit einem Mal öffnete sich eine Seitentür, ein kleiner Junge auf einem Dreirad schoß kräftig die Pedale tretend heraus, fuhr um mich herum, als wäre ich ein Verkehrspolizist mitten auf einer Straßenkreuzung, und verschwand dann durch eine andere Tür.

Gleich darauf erschien der Rechtsanwalt und bat mich mit folgenden Worten einzutreten: »Du hast Glück, du hast mich gerade noch erwischt, ich war im Begriff, zum Gericht zu gehen.« Er ging in ein großes Zimmer voller Bücherregale und setzte sich an einen Tisch, auf dem ein riesiges Durcheinander von Papieren herrschte; fast verschwand er dahinter: Er war ein kleiner Mann mit einem breiten, gelben Gesicht und Augen schwarz wie Kohle. Während er irgendein Notizbuch durchblätterte, sagte er: »Du heißt also Rondinelli Luigi.« Energisch widersprach ich: »Nein, ich heiße Cesarano Alfredo … Pollastrini hat Sie meinetwegen angerufen … es handelt sich um eine Empfehlung.« »Und wer ist Pollastrini?« Mir wurde schwarz vor Augen, und ich erwiderte mit schwacher Stimme: »Pollastrini Giuseppe … der Chauffeur der Signorine Condorelli.«

Der Rechtsanwalt brach in Gelächter aus, es war allerdings ein freundliches Lachen, und sagte: »Aber sicher, ge-

wiß doch ... du mußt etwas Nachsicht mit mir haben ...
Er hat mich angerufen, und ich habe mit ihm gesprochen ... das ist schon richtig ... Aber wie es eben so geht ...
Ich war gerade dabei, einige Papiere durchzusehen, und
war in Gedanken mit etwas anderem beschäftigt, als ich
mit ihm sprach, so daß ich mich, nachdem ich aufgelegt
hatte, gefragt habe: Wer war das eigentlich? Was hat er
gesagt? Was habe ich ihm geantwortet? Na, jetzt löst du
das Rätsel ja. Also, wenn ich mich recht erinnere, Cesarano, willst du eine Empfehlung für eine Anstellung als
Gärtner bei der Stadt?« Erneut widersprach ich: »Nein,
Herr Rechtsanwalt, ich bin Chauffeur, ich suche eine
Stelle als Chauffeur.« Er sagte, als hätte er mich nicht
gehört: »Weißt du, was ich denen sage, die wegen einer
Stellung zu mir kommen? Eine Million, einen Scheck
über eine Million kann ich euch gerade noch verschaffen,
aber eine Stelle, nein ... Gärtner bei der Stadt: das ist ein
Wort.« Ich sagte noch einmal mit Nachdruck: »Herr
Rechtsanwalt, ich bin Chauffeur ... ich suche eine Stelle
als Chauffeur«; und diesmal verstand er und bestätigte
etwas ungeduldig: »Chauffeur, ja, zum Teufel, ich hab' ja
begriffen.« Er senkte den Kopf, schrieb in großer Eile
etwas, nahm dann ein Notizbuch, suchte, wie mir schien,
nach einer Adresse, schrieb noch etwas und gab mir
schließlich einen Umschlag und sagte: »Hier, nimm, geh
mit diesem Brief zum Rechtsanwalt Scardamazzi, der kann
sicher etwas für dich tun ... Und nimm einstweilen das
hier, das wird dir fürs erste weiterhelfen.« Und er nahm
aus der Brieftasche einen Fünfhundertlireschein und gab

ihn mir. Ich wandte der Form halber ein, das könne ich nicht annehmen; schließlich nahm ich den Schein, machte eine Verbeugung und ging hinaus.

Das Büro des Rechtsanwalts Scardamazzi befand sich in den Gebäuden der Stadtverwaltung, im Einwohnermeldeamt, in der Via del Mare. Das kam mir komisch vor, doch diese Adresse stand schließlich auf dem Umschlag. Ich nahm also erneut die Ringbahn, wie zuvor auf dem Trittbrett festgeklammert und die ganze Fahrt über von einem Sonnenstrahl verfolgt, der mir stärker als ein Scheinwerfer auf die Schultern brannte. An der Bocca della Verità sprang ich ab und ging ins Einwohnermeldeamt hinein. In den Vorzimmern und auf den Treppen herrschte ein unbeschreibliches Gedränge, lauter arme Leute, die atemlos hin und her liefen, jeder mit ein oder zwei Formularen in der Hand, wie Seelen in Not. Ich ging zwei oder drei Treppen hinauf und fragte dabei ständig nach Scardamazzi; in den Gängen hatte sich vor jeder Tür eine kleine Menschentraube gebildet, und diese kleinen Menschentrauben stanken nach Schweiß, und die Gesichter schienen zu schmelzen wie Kerzen. Schließlich zeigte mir ein Amtsdiener das Büro, das ich suchte, und zufällig wartete niemand davor, so daß ich unverzüglich hineinging. Scardamazzi war ein junger Mann mit schwarzumrandeter Brille, schwarzem Schnurrbart und Bürstenschnitt; er saß in Hemdsärmeln da, die Armel seines weißen Hemdes von Gummibändern gehalten. Er hörte mir zu, wobei er rauchte, und bemerkte dann: »Wirklich schade, daß ich diesen Rechtsanwalt Moglie überhaupt nicht kenne … Und im übrigen bin ich nicht Rechtsanwalt, sondern Buchhalter und heiße Giovanni und nicht Rodolfo … Alles was ich für Sie tun kann, ist, Sie zu meinem Kollegen Merluzzi zu schicken … Vielleicht kann der Ihnen weiterhelfen.« Er griff nach dem Hörer und führte sofort ein langes Telefongespräch. Es begann damit, daß er fragte, ob die und die wieder aufgekeimt sei; er benutzte wirklich dieses Wort: wieder aufgekeimt; der andere antwortete wohl, sie sei nicht wieder aufgekeimt, denn Scardamazzi war ganz verwirrt und sagte, das verstehe er nicht; er habe sie doch gesehen, und sie habe ihm versprochen, sich zu melden, und so fort. Schließlich fügte er sehr kühl hinzu, er schicke ihm einen gewissen Cesarano Alfredo, legte auf und sagte zu mir: »Gehen Sie sofort zu ihm … Sein Name ist Merluzzi.«

Ich ging hinaus und machte mich auf die Suche nach diesem Merluzzi, doch mir war sofort klar, daß es nicht leicht sein würde, ihn zu finden. Die Amtsdiener kannten ihn nicht, und einer, ein ganz besonderer Esel, sagte mir sogar: »Merluzzi – Kabeljau – findest du auf dem Fischmarkt.« Ich lief von einem Stockwerk zum anderen, von einem Gang zum anderen, und da erinnerte ich mich mit einem Mal, daß der Rechtsanwalt Moglie Scardamazzis Adresse in einem seiner Notizbücher gesucht hatte, und mir wurde klar, daß er in der Eile nicht bemerkt hatte, daß er eine falsche Adresse aufgeschrieben hatte. Und ich irrte mich nicht: Das Telefonbuch einer öffentlichen Telefonzelle klärte mich darüber auf, daß der Rechtsanwalt Scardamazzi in Wirklichkeit in der Via Quintino Sella, am anderen Ende der Stadt, wohnte. Ich begab mich dorthin.

Der Rechtsanwalt hatte sein Büro im dritten Stock eines alten, häßlichen Hauses. Kohlgeruch im Treppenhaus, ein schwüles und dunkles Vorzimmer, haufenweise niedergeschlagene Menschen, die auf den Sofas warteten. Auch ich wartete, vielleicht eine Stunde, während jene Schatten, die mit mir warteten, hineingingen, herauskamen und nach und nach verschwanden. Schließlich war ich an der Reihe. Das Arbeitszimmer des Rechtsanwalts zeichnete sich durch schwarze Ebenholzmöbel mit Intarsien aus Elfenbein aus; in einer Ecke stand ein ausgestopfter Adler mit ausgebreiteten Flügeln. Der Rechtsanwalt saß im Schatten, an einem großen Tisch voller Papiere und Telefone, unter einem Bild, das ein Mädchen aus der Ciociaria in Tracht, lächelnd und die Hände voller Blumen, darstellte. Der Rechtsanwalt Scardamazzi war ganz anders als der Buchhalter Scardamazzi. Er war ein Schrank von einem Mann und sah eher wie ein Gepäckträger aus, er hatte ein derbes Gesicht, schielte und hatte eine Schnabelnase. Seine Stimme dröhnte und war herzlich, aber kalt: die Herzlichkeit der Römer, bei der nichts dahintersteckt. Nachdem er einen Blick auf den Brief geworfen hatte, sagte er: »Wir sind also arbeitslos, was? ... Nun, mein Kleiner, ich werde für dich tun, was ich kann ... Setz dich einstweilen und gedulde dich einen Augenblick.«

Ich setzte mich, und er hängte sich sofort ans Telefon und begann ein sehr hitziges Gespräch: Jemand sagte irgend etwas am anderen Ende der Leitung, und er antwortete immer wieder: »Eineinhalb oder nichts.« Der andere ließ nicht locker, doch Scardamazzi blieb hart und wiederholte: »Eineinhalb oder nichts.« Schließlich sagte er, jedes Wort nachdrücklich betonend: »Und sag diesem Gauner, daß mit mir nicht gut Kirschen essen ist … Hast du kapiert? … Sag es ihm genau so: Mit Scardamazzi ist nicht gut Kirschen essen.« Nach diesem Telefongespräch führte er ein zweites, das allerdings vollkommen anders ablief, sogar der Akzent war ein anderer: Das erste hatte er im römischen, ja sogar trasteverinischen Dialekt geführt; jetzt fiel er, wer weiß warum, in einen fast norditalienischen Akzent und sprach honigsüß und zuvorkommend: »Dottore, wir sind uns einig … Ich halte mich zwischen fünf und acht zu Ihrer Verfügung … Kommen Sie, wann Sie wollen … Seien Sie unbesorgt … Meine besten Empfehlungen an Ihre Frau Gemahlin.« Endlich legte er auf, sah mich aus seinen schielenden Augen böse an und fragte: »Und du, was willst du?« »Der Brief …«, begann ich. »Ach ja, der Brief, natürlich … Doch wo zum Teufel ist er bloß hingeraten?« Er suchte eine ganze Weile, indem er in den Papieren wühlte und das Unterste zuoberst kehrte, und schließlich rief er: »Da ist er ja … Hier geht doch nichts verloren … Man muß nur suchen.« Die Stirn runzelnd, las er ihn noch einmal, nahm dann die Feder, warf rasch ein paar Worte auf ein Blatt Papier, steckte es in einen Umschlag und reichte ihn mir: »Geh zu dieser Adresse … Um diese Zeit triffst du ihn an … Alles Gute.« Ich war aufgestanden. Ich nahm den Umschlag, steckte ihn in die Tasche und ging hinaus.

Als ich draußen war, holte ich den Umschlag aus der Tasche, um mir die Adresse anzusehen. Mir blieb der

Mund offen, denn ich las: »Rechtsanwalt Mauro Moglie, Via Pierluigi da Palestrina 20.« Wie beim Mensch-ärgere-dich-Nicht, wo man, wenn man Pech hat, wieder an den Ausgangspunkt zurück muß, kehrte ich also, nachdem ich halb Rom durchquert hatte, wieder zu Moglie zurück, der derjenige war, an den ich mich ursprünglich gewandt hatte; das ganze Hinundherfahren und Schwitzen in der Ringbahn und im Autobus, mit leerem Magen, war also völlig für die Katz gewesen. Ich dachte bei mir, daß der Rechtsanwalt Scardamazzi wohl ein anderes Empfehlungsschreiben gelesen hatte, eines von den vielen, die er ständig erhielt, und ohne sich auch nur im geringsten an das erste zu erinnern, das er ja gelesen hatte, hatte er mich zu Moglie geschickt, der mich seinerseits an ihn verwiesen hatte. Ich war dermaßen fassungslos, verzweifelt und obendrein auch noch hungrig, daß mir nichts Besseres einfiel, als wieder den Bus zu nehmen und in die Via Pierluigi da Palestrina zurückzufahren.

Ich wartete eine ganze Weile im Vorzimmer, das jetzt von angenehmen Küchendünsten erfüllt war; es kam mir auch so vor, als hörte ich das Klappern von Tellern und von Besteck; doch vielleicht bildete ich mir das in meinem Hunger auch nur ein. Derselbe kleine Junge auf seinem Dreirad kam plötzlich aus einer Tür heraus, fuhr kräftig die Pedale tretend um mich herum und verschwand durch eine andere Tür. Schließlich winkte mich der Rechtsanwalt persönlich hinein. Das Arbeitszimmer lag jetzt im Halbschatten, die Fensterläden waren angelehnt; und auf der Lehne eines Sofas, in einer Ecke, lag ein Kopfkissen:

Der Rechtsanwalt, im Morgenrock, hatte zu Mittag gegessen und schickte sich jetzt an, ein Mittagsschläfchen zu halten. Doch er ging zum Tisch, las im Stehen den Brief und sagte dann: »Ich kenne den Rechtsanwalt Scardamazzi ... er ist ein lieber alter Freund von mir ... Du heißt also Francesetti und möchtest eine Stelle als Gerichtsdiener ... Es handelt sich also um das übliche Empfehlungsschreiben, oder?«

Diesmal hatte ich wirklich das Gefühl, als drehe sich alles in meinem Kopf, aber vielleicht kam das nur vom Hunger und von den Anstrengungen dieses Vormittags. Mit schwacher Stimme sagte ich: »Herr Rechtsanwalt, ich heiße nicht Francesetti und ich will keine Stelle als Gerichtsdiener ... Mein Name ist Cesarano Alfredo, und ich bin Chauffeur.«

»Aber hier steht doch Francesetti und daß du eine Stelle als Gerichtsdiener willst ... Was ist das denn für ein Durcheinander?«

Da sagte ich, alle meine Kräfte aufbietend, gleichsam in einer einzigen großen Klage, ohne Luft zu holen: »Herr Rechtsanwalt, mein Name ist Cesarano Alfredo, und ich arbeite als Chauffeur ... Heute morgen ließ ich Pollastrini, der Sie kennt, bei Ihnen anrufen und bin dann hierher zu Ihnen gekommen, und Sie gaben mir ein Empfehlungsschreiben für den Rechtsanwalt Scardamazzi ... Aber Sie haben sich in der Adresse geirrt und schickten mich in die Stadtverwaltung, zum Buchhalter Scardamazzi ... und der schickte mich zu Merluzzi, den ich aber nicht gefunden hab' ... Da kam ich auf die Idee, zum richtigen

Rechtsanwalt Scardamazzi zu gehen … Und der hat meinen Brief mit einem anderen verwechselt, der auf seinem Tisch lag, und gedacht, ich heiße Francesetti und will als Gerichtsdiener arbeiten … Und so gab er mir einen Brief für Sie … Und ich bin wieder zu Ihnen gekommen, nachdem ich durch halb Rom geirrt bin, und kann mich vor Müdigkeit, Hitze und Hunger kaum noch auf den Beinen halten.«

Während ich das alles sagte, sah ich, wie er die Stirn runzelte und den Mund verzog: Er hatte mich wiedererkannt, ihm wurde klar, daß er mich an der Nase herumgeführt hatte, wenn auch unabsichtlich, und jetzt war er, wie ich sehr genau bemerkte, verlegen und schämte sich. Dann, als ich mit meiner Klage fertig war, sah ich, wie sich sein Gesicht verdoppelte; und jetzt hatte er nicht mehr nur ein Gesicht, sondern zwei, und diese beiden überlagerten sich und verschmolzen miteinander, und dann setzte ich mich ganz plötzlich in einen Sessel vor dem Tisch und schlug die Hände vors Gesicht. Ich wurde beinahe ohnmächtig; und der Rechtsanwalt nutzte meine Schwäche, sich von seiner Verlegenheit zu erholen, in die ihn mein Bericht gebracht hatte. Dann sagte ich: »Entschuldigen Sie: das ist die Schwäche«; und er antwortete rasch, ohne abzuwarten, ob ich noch etwas sagen wollte: »Also, das tut mir aufrichtig leid … Wir stecken alle bis über beide Ohren in der Arbeit, und es gibt so viele Arbeitslose … Machen wir es also so: Bis jetzt habe ich meinen Wagen selbst gefahren … und von jetzt an wirst du ihn eben fahren, natürlich nur vorübergehend, bis du eine Stelle gefunden hast … Ehrlich gesagt brauche ich eigentlich keinen Chauffeur, aber na ja.«

Nachdem er das gesagt hatte, wollte er nichts mehr hören, rief das Hausmädchen und gab mich in ihre Obhut, wobei er sagte, ich sei der neue Chauffeur und sie solle mich in die Küche begleiten und mir etwas zu essen geben. In der Küche antwortete ich diesen schwatzhaften Weibern, die mich ausfragten und wissen wollten, wer ich sei, woher ich komme und wieso der Rechtsanwalt ausgerechnet mich als Chauffeur genommen hätte, schließlich ungeduldig, vom Teller aufblickend: »Diese Stelle als Chauffeur verdanke ich einem kurzen Augenblick, in dem sich sein Gewissen regte.«

»Sein Gewissen?«

»Ja, und fragt nicht weiter. Das einzige, was ich euch noch sagen kann, ist, daß ich Cesarano Alfredo heiße … Aber sagt einfach Alfredo zu mir.«

Zamira

Carlo Emilio Gadda

Ihre Tätigkeit war offiziell die einer Stopferin, Maschenauf-
heberin, Strumpfwirkerin, Färberin, Händlerin mit gewissen Waren, Gichtheilerin mit Hilfe eines Kräutergeheim-
nisses, patentierten handleserischen und kartenlegerischen
Wahrsagerin mit Wein- und Schnapslizenz an den Due
Santi, und die einer orientalischen Magierin mit Diplom
erster Klasse: im Kneipenlaboratorium, wo die Fuhrleute
der Via Appia sich ein Gläschen lang aufhielten, bei den
Due Santi, wie gesagt. Sie wurde aufgesucht in Sachen
Austreibungen; Einleiten oder Brechen von Liebeszau-
bern, Verjagen des bösen Blicks, mittels Schutzhäubchen,
bei Säuglingen, bei blöden Kindern, und überhaupt für
alle möglichen Beschwörungen: außerdem zur Kopfwä-
sche, um die Läuse wegzubringen, und wenn einem Mädchen die Regel ausblieb, oder wegen Nervenzuständen
und anderen Störungen, von denen es ja genug gibt, das
weiß man ja. Immunitätskünstlerin von großem Ruf und
einzigartiger Kompetenz, wurde, nach der Befreiung Italiens vom Alpdruck der bolschewistischen Hydra durch
den Großbalkon vom Heiligen Grab (28. Oktober 1922),
wurde, wie gesagt, das *cracking* der bösen Verwünschung

sive Teufelsblick, dessen unermeßliche Kasuistik sie beherrschte, mehr und mehr das Hauptargument all derer, die zu ihren Künsten Zuflucht nahmen. Nicht bei allen jedoch. Sie war gewitzigt, *sic et simpliciter*, durch Gabe der Natur, sie war Meistern im Zaubergebräu, das günstig stimmte oder auch bannlösend wirkte, je nachdem, und in fast allen Liebestränklein und Pülverchen, unter beiden Zeichen, dem positiven und dem negativen. Sie trieb den Rassehündinnen die Jungen ab, wenn die Ärmsten von einem streunenden Köter geschwängert worden waren. Sie verstand es, gegen angemessene Belohnung, den Zweifelnden und Zögernden eine Portion kinetischer Energie einzuflößen: sie mit der bestehenden gesetzlichen Ordnung auszusöhnen, zu tatkräftigem Handeln anzustacheln. Für zehn Lire erwarb man durch eine Medizin die Fähigkeit des Wollens. Mit weiteren zehn Lire das Können. Sie entkierkegaardisierte die kleinen Provinzhalunken und dirigierte sie zur »Arbeit« in die Stadt, in die besagte *urbs*, nachdem sie ihnen die Seele von den letzten Zweifeln befreit hatte: oder von den letzten Hemmungen. Sie wies den Mutigen den Weg, indem sie ihnen klarmachte, daß die schwachen Geschöpfe des anderen Geschlechts nichts Besseres wünschten, in jenen Jahren, als sich auf jemanden stützen zu können, sich an etwas zu klammern, das dazu angetan war, einen flüchtigen Freudenrausch mitsammen zu teilen, die süße Last des Lebens: sie unterwies sie im Katechismus des Jugendschutzes, in Konkurrenz mit der gleichnamigen Organisation. Und die Katechumenen hielten sie hoch als ihre Meistern, obwohl sie sie zwischen einer Besäufnis und der nächsten eine Schmutzfinkin titulierten, wenn sie, wohlverstanden, glaubten, sie könne es grad nicht hören, und eine Schlampe und alte Hexe: in Anbetracht der Kühnheit der Epoche und ihrer persönlichen Flegelhaftigkeit, nannten sie sie auch Drecksau, man bedenke, eine Zamira Pàcori! und nannten sie eine alte Kupplerin, ha, eine Schneidermeisterin wie sie! eine orientalische Magierin mit Diplom erster Klasse! Undank ist der Welt Lohn! Und hatten sogar die Schnauze zu behaupten, die Due Santi ... seien ... diese zwei Heiligen seien nichts weiter als ein Paar »ich weiß nicht, wie ich mich ausdrücken soll«, begleitet von einer Handbewegung, einer handgreiflichumfanganzeigenden, unwahrscheinlich, in Anbetracht dessen, daß das Paar doch im »Zwickel« Platz finden mußte: unwahrscheinliche Geste, in der Tat, aber damals gar nicht so ungebräuchlich beim Volke. Verleumdungen. Dreckmäuler. Landstreichergesindel, das in der Nacht die Hennen stiehlt.

Oh! der feingesponnene Faden der Zeit, der albanischen Zeit und ihrer eigenen, spulte sich ab von der Spindel ihrer Wahrsagung als Responsorium der Wahrheit. Alle die Tage und Ereignisse, trübe oder klare, aber alle in ihrem Vorgefühl beschworen, schienen um sie zu kreisen, in ihr hervorzutreten, in ihr zu entschwinden. Ihr aber kam es sehr gelegen, aus dieser zitternden Erwartung der Menge, ihrem langen Studium der Gläubigkeit, ihren Stich zu machen, aus jedem Ratschlag ihre Münze zu schlagen, aus jeder Verzögerung des Mirakels einen Zuwachs des Glaubens, aus jedem geheimen Räuchlein die Morgenbrise einer aus Unwahrscheinlichkeit beschworenen Wahrscheinlichkeit. So war das, jawohl, aber wer hätt's gedacht. Trotz der Dankbarkeit und respektvollen Bangigkeit, von der sie allgemein umgeben war – kollektive Hoffnung und Religiosität, orphisches Gefühl für Mysterium und Transzendenz im großen Herzen des Volkes – trotz der Diplome und der Titel, orientalischer und okzidentalischer Herkunft, und nach endlosen Sitzungen, nach all dem Abakadabra mit dem Totenschädel überm Tischchen und dem ehrenwerten Stichelhandwerk durch mehr als zehn Jahre, die Nähmädchen im Kreis um sich, arme mollige Dinger, und Sticheln und Bügeln und Reserveknöpfe annähen, nun ja, die Braven, nach all dem, wer hätt's gedacht? Man soll nichts Gutes tun, wenn man nicht Undank ernten will. Das galt auch für die Zamira. Der schäbige Skeptizismus der Carabinieri war nicht auszurotten und umgab sie weiterhin mit dem üblichen abträglichen Verdacht, mit welchem dieselbigen ... nur allzuoft den Wahrsagerinnen das Leben sauer machen, den Kartenlegerinnen das Dasein vergällen: ihnen und den allerehrenwertesten Schneidermeisterinnen. Dieselbigen waren nämlich der Meinung, der Überzeugung, daß sie eine Ex-Hure sei (und keiner brachte sie mehr davon ab), verwitwet sozusagen, von Jahr zu Jahr aufs neue, von zirka fünfzehn Ex-Hauptmännern der Polizeireserve in Pension: von welchen sich jedoch, von Herbst zu Herbst, zwischen Marino und Arriccia, die Spuren wieder verwischten. Es ergab sich als Tatsache, daß, mit dem Verfall der Jahre und der Schneidezähne, sich eine immer verwegenere und unverschämtere Hurenwirtschaft abzeichnete, mit Kreismittelpunkt Due Santi, in einer Art Keller, unterhalb der Werkstatt-Kneipe: Keller oder halb *souterrain* gelegener Raum, der Tageslicht, oder gar auch Sonne, durch ein Fenster vom Garten her empfing. Der Garten – ein wenig Spinat, der ebenfalls verrupft war: ein paar vom Wind zerzauste Kohlköpfe, von Pieriden vergrindet: an denen ein mausriges Huhn hie und da herumscharrte, das an einem knotigen Bindfaden festgebunden war und zu Pfingsten sein Ei zu legen hatte – lag etwas tiefer als die Höhe, auf der die Via Appia verlief. Der Keller oder Souterrain-Raum war mit einem Pissoir versehen: und überdies mit einer Bettstatt, die jedoch wegen jedem Dreck knarrte, das Luder, und überdeckt war mit einem »Bettüberwurf« von verwaschenem Grün: mit einem nicht mehr entzifferbaren Rankenmuster, welches in seinem authentischen Hermetismus eine Ahnung von Barock aufkommen ließ: vom Hochbarock, dem festlich prangenden, ursprünglichen, sobald die Decke gewaschen war und zum Trocknen im Garten hing: und schien von vornherein jede Hypothese auf einen späten, mühseligen Neoklassizismus auszuschließen. An der Wand befestigt, auf einer Seite der Bettstatt, sah man einen schönen Kunstdruck: einen Haufen wunderschöner, nackter Mädchen, in der ärztlichen Sprechstunde, und den Doktor mit schwarzem Spitzbärtchen, der sie eine nach der anderen untersuchte, aber als antiker Römer verkleidet, ohne Brille, dafür in Sandalen. Den Daumen hatte er im Loch einer Palette stecken, und mit den anderen Fingern hielt er ein Bündel Pinsel, um damit wer weiß welches Stückchen Haut anzupinseln, falls er gar kein Furunkelchen fände, bei irgendeinem der Mädchen. Dieses Salönchen oder Untersuchungszimmer führte, mittels einer verriegelbaren Türe, ins Allerheiligste, in die eigentliche Stätte der Weissagungen. Dort keimten (zur Stunde des Feierabends) die Antworten aus dem Jenseits und die Wahrsprüche der sibyllinischen Näherin: wenn sie alle heroben waren indes, das heißt zur Stunde des Schneiderns und des Titrick-Titrack, na, dann wurde das magische Rüstzeug da drunten von gewissen riesigen Ratten heimgesucht, und zwar unter Beachtung aller notwendigen Vorsichtsmaßregeln. Ratzenviecher, so lang wie der Unterarm, die auf Zehenspitzen herbeigeschlichen kamen, mit gespitzter Schnauze, diese Hurensöhne! und solchen Schnurrhaaren, daß sie die Gespenster mit ihren Leintüchern im Finstern auf einen Fußbreit schon herausspürten und den Duft von Schafkäse auf einen Kilometer rochen, vom Müllhaufen aus, wo sie die Familie einquartiert hatten. Aber dieses Himmelsmanna durften sie nur mit den Nasenlöchern inhalieren und konnten's mit nichts anderem als dem Geruchssinn erhaschen: rochen sozusagen die Idee, die Gegenwart einer unsichtbaren Form. Einer Rundform von Schafkäse, gutem Schafkäse vorn Gebirg, von damals, als uns noch nicht das Imperium auf den Hals gekommen war: auf den Hals oder den Hintern. Im Finstern: ein dreieckiges Tischgestell. Ein gußeisernes Öfchen, Kanonenöfchen. Ein Kamin, wie sie's oft auf dem Lande gibt: im Kamin ein Dampfkessel, an einer Kette aufgehängt: und ein schöner Krug in einer Ecke, inmitten von lauter Lumpen! Eine Art kupferner

Krug, der wenige Jahre darauf dem Unsterblichen Vater-
land zum Opfer fallen würde, das im Krieg stand, Schulter
an Schulter mit den Teutonen, auf einen Wink vom Duce
hin, einem Wink seines angebeteten Tuce: dem Pfannen-
und Kesseldieb: mit der Ausrede, daß er damit Krieg führen müsse gegen Engelland.

Alles, was benötigt wurde, war vorhanden. Eine Stätte,
wie gesagt, diese Werkstätte der Zamira, wie man keine
günstigere ausfindig machen konnte, wenn man ein Tröpf-
chen brauen wollte, einen einzigen und wunderbaren
Tropfen der ewig verbotenen und ewig unwahrscheinli-
chen Wahrscheinlichkeit. Unterhemden zum Färben, Hosen zum Aufnähen: die Motten zerfressen die Eule: aber
immer bleibt noch etwas übrig, die Augen der Eule sind
immer noch lebendig, unbewegliche Topase, wissend um
die Nacht, um die Zeit, überleben sie alles in den Ruinen
der Zeit. Ein Treffpunkt der nebeneinanderhausenden Le-
benskräfte: Stricken und Bestrickung, Zauberei und Nähe-
rei, Wein von den Castelli und vom Bitont (eine Bütte, ein
Anstich: zwei Korbbuddeln, die Schläuche aus Gummi),
Schafkäse und rohe weiße Bohnen, im April, und der En-
kel des Führers der Schnurrhaarigen: der im Totenschädel
rumorte, im Keller drunten, im »Färberaum« sozusagen:
Schädel, in welchen er hineingeschloffen war und alsbald
herausschlüpfen würde, durch eine bodenlose Augenhöh-
lung. Spielkarten auf dem Tisch, astrologischer Tarock:
Wasseruhren, Zahlenzauber des Lotto und des Druden-
fußes: eine ausgestopfte Eule, Eulenaugen! Und Schafkäse, drin in der Kredenz, und die Ölflaschen: aber – ver-

riegelt, verrammelt, daß nicht mal die Ratzen drankamen. Jawohl, meine Herren, bei der Zamira! Und ihr könnt euch die Zunge abbeißen, wenn euch der Mund wässert! Enkete, penkete, pufete iné.

Elysische Zusammenkunft der süßen Schatten, Ruf, Beschwörung des Miteinandermöglichen! Arme und teure Zamira! Sie schenkte aus für die Fuhrleute der Via Appia: für die Carabinieri auf dienstlicher Streife. Stehenden Fußes, jene, vom Sommer hereintretend, Gewehr umgehängt: verstaubt, erhitzt, geblendet vom Unendlichen: verstört vom Grillengeschrei: Kopf und Mütze umwölkt vom Mückenschwarm, hinauf, hinauf, Gesums wie von unsichtbar gezupfter Gitarre: Gespenstervorhut. Sie, nachdem sie das Getränk gebracht, hockte wieder nieder und nadelte zahnlos (die vorderen fehlten) im Kreis ihrer zarten Novizinnen, die gleichfalls werkelnd saßen: bei Nadelarbeit, Maschenwerk. Gesenkten Hauptes, aber sie hoben es flink, von Weile zu Weile, eine nach der andern, erst diese, dann jene: um mit der Hand, wie unwillig, das Gefäll der Haare zurückzustreifen. In diesem Augenblicke aber blitzten die Augen: schwarz glänzend, auftauchend aus dem Überdruß: dann ließ der Blick sich nieder, verdrießlich, auf der Gleichgültigkeit eines Gegenstandes, was es auch war, ein Knopf, ein Gewehrgriff, die Dienstpistole des Betreffenden, oder ein wenig, weiter droben, ein wenig weiter rechts, ein wenig weiter links. Ein Gerüchlein nach Landmädchen in kurzen Röcken. Welche Verheißungen, welche demographischen Hoffnungen, arme, mollige Dinger, für den ewigen Frühling des Vaterlandes, unserer geliebten Italia! Von den Knien, heilige Muttergottes! von den festen Knien … Strümpfe, gar nicht dran zu denken! Unterhosen, zum Teufel! Die Beine fest, fest aneinandergepreßt, daß man glauben mochte, sie brüteten ein Ei aus, hüteten einen Schatz. Oder auch ganz im Gegenteil: die Beine auf den Stuhlsprossen, so daß man, bei günstiger Position, gewisse Panoramen zu sehen kriegte. Gewisse Schinkenschenkel …

Der Blick tauchte ins Halbdunkel, dann ins Dunkel: drängelte, kletterte in den Schluchten der Hoffnung, wie ein Höhlenforscher sich hinunterläßt und dann heraufklettert, wie ein Kaminfeger. Und erst die Carabinieri! Grimmigen Gesichts, treu nach Dienstvorschrift, aber die Augen gewichst. Und erst die Antwortblicke! Augen! Flüchtige Blitze! Pfeilschüsse, daß man das Herz in der Brust ersterben fühlte, bei den Carabinieri, stehenden Fußes: während die Schneidermeisterin mit ihnen über Libyen sprach: vom vierten Meeresstrand: von den Datteln, die dort reifen, köstlich, und von den Offizieren, die sie dort gekannt, und die ihr, mit Erfolg, »den Hof gemacht« hatten. Die Erinnerung an diese hofmachenden Hauptmänner oder die Obersten, gegenüber den einfachen Polizisten, war ein Verführungskunststückchen. Die Augen glänzten ihr aufs neue, klein, spitz, schwarz, höchst beweglich: unter der vielfachen Furchung der Stirn, unter der verrupften Laube ihrer Haare, die grau waren und hart wie das Fell eines Mandrill. Und reichlicher Speichel schmierte ihr das Spundloch der Rede, Evokation oder Responsalien: die lefzenden Lippen, fieberrot wie die Kiefern, ausgedörrt oder

schlüpfrig: die nunmehr, entblößt jeglicher Schneide antiken Elfenbeins, die Schwelle zu sein schienen, die freie
Vorkammer der Liebesmagie. Deren Hauptinstrument,
fraglos, die Zunge war:

> Enkete, penkete, pufete iné
> Abele, fabele, dommi – né …

Der Teufel überhörte den Ruf nicht.

Ja, ja: sie verfügte ja, die Zamira, über eine gute Belegschaft an Lehrlings-Nichten: und über Reserven, außerdem, entlang der Via Appia, der Ardeatina, der Anziate,
auf dem soundsovielten oder soundsovielten Kilometer
vor Rom, Aushilfs-Strickerinnen: welche bei einer außer-
ordentlichen Konjunktur, trick und track, trick und track,
ohne weiteres mit Hand anlegen konnten: und es auch
taten: so zum Beispiel während der Sommermanöver vom
vierten Bersaglieriregiment. Für die Carabinieri auf Streife,
die geduldigen Militen des schrankenlosen Sommers, war
soviel Aufwand nicht vonnöten: es genügte der Bestand
der unmittelbaren Belegschaft, der Nichten. Die alle sol-
cherart waren, oder doch im großen ganzen so, daß sie jenen weinbeträufelten Ruhepausen Süße verleihen konnten, und auf heiterste, aufregendste Weise, im Schutz vor
der brütenden Sonne, nach Kilometern und Kilometern
weißen Staubes, für die dürstenden und schweißbelade-
nen Karabinerträger. Auf Patrouille, nachdem sie die Mus-
kete spazierengetragen, über Straßen und Sträßchen, oder
die schwere Dienstpistole, mit sämtlichen Schüssen noch
in der Geschoßtrommel und ein paar Reservestreifen im
Patronengürtel, liebten es diese unbezähmbaren Diener

der Pflicht, sich einen Augenblick zu erfrischen, in jenem Harem, der so warm und verschwiegen beschattet wurde, bei der Zamira: für alle Adepten war er das Vestibül für die Hypothese des Glücks, das Heiligtum der Befragung, der albanischen Tröstungen. Der Augenblick der süßen Bedrängnis war flüchtig, ach, was mehr kann ein Augenblick für uns tun? Aber der folgende, er folgte in der Tat, und die Gesamtheit der flüchtigen Augenblicke: das ist die Stunde: die unvergleichliche Stunde, wo ein exakter Gedanke sich verzweigt, in Hoffnung und in Bedrängnis, wie eine abgeschnellte Spule, im Webanschlag der flüchtigen Blicke, der stummen Widersprüche, der stummen Zustimmung.

Tatsache war, daß die Carabinieri bei ihr Rast hielten, bei der Schneiderin: weder die Polizeiwache noch die Disziplin hatte etwas dagegen: und, hin und wieder, wandte man sich an sie. Kleine Handreichungen mit Nähen: wenn vielleicht ein Knopf abzugehen droht und man den Stengel neu kräftigen muß. Eines Vormittags hatte sich einer von den Burschen die Uniformjacke ausgezogen, errötend, um sich einen Triangel stopfen zu lassen: den er sich irgendwo, er wußte selber nicht mehr an welchem Brombeerstrauch oder welcher Dornenhecke, gerissen hatte. Ein andermal, ein anderer, die Hosen: so erzählten jedenfalls die Leute: aus einem nicht ganz gleichlautenden Grunde, fügten sie hinzu. Die Zamira schickte ihn in den Keller runter zum Ausziehen: und schickte ihm die Clelia nach, oder, wie andere wissen wollten, die Camilla, sie sollte die Hose zum Flicken raufholen, in die Werkstatt! Die

Entkleidung des königlichen Polizisten dauerte geraume Weile: süße, ach, so süße Weile. So daß die Mädchen, droben, zu hüsteln begannen, zu kichern, hmh zu machen, besonders die Emma, diese Unverschämte: bis die Zamira die Geduld verlor, dann zornig wurde, und sie schalt: schimpfte sie wer weiß was und bavte Speichel aus ihrem Loch.

Auch der Maresciallo, der Maresciallo Fabrizio Santarella, ja, einer der beiden Motorisierten der albanischen Wachstube, der Höhergestellte von den beiden, auch er hatte der Färber-Magierin Leibchen zum Färben gebracht: riesige Pakete. Von fernher kündigte er sich an, vom Torraccio, von den letzten Häusern der Frattocchie, von den Robine Vecchie manchmal oder vom Cassero beim Sant'Ignazio oder vom Divino Amore: knatternd näherte er sich, dröhnend traf er ein: blublublublublubub, das Motorrad beruhigte sich vor der Tür. Frauenunterleibchen waren's, diese Pakete: denn der Maresciallo Santarella, der eines Tages ein Weib zum Altar geschleppt hatte (und noch nicht mal so geschwollen war sie), lebte mit neun Weibern: die Frau, deren alte Mutter und eine etwas blöde Schwester, dann die eigene Schwester, völlig unbefleckt, mit allen psychischen Schnörkelzeichen der Unbeflecktheit, welche Schwestern befallen, drei Töchter, noch nicht im Alter, um etwa nicht mehr unbefleckt zu sein, und zwei Untermieterinnen, Zwillinge, einstmals auf bestem Wege, aus der Unbeflecktheit herauszutreten, nunmehr jedoch (nach gleichzeitigem Entfleuchen des erhofften Ent-Unbefleckers, welcher, nachdem er sich nicht für eine der beiden hatte entscheiden können, sie beide hatte sitzenlassen, ehe er noch … Hand angelegt hatte), nunmehr also endgültig in die Unbefleckheit zurückgekehrt. Als er eines Tages beschlossen hatte, unterzuvermieten, in Anbetracht der Zeitläufte und der Ratsamkeit und seines Gehaltes, und zwar jenes überschüssige Kabüffchen seines Tempels, welches seine Modergerüchlein gen Austrium sandte, dachte er natürlich an die verbreitetste der Gazetten: daran, sein Angebot im ›Messaggero‹ feierlich auszusprechen; da hatte ihm der Mut gefehlt, jenes »Frauen ausgeschlossen« vor der Leserschaft zu gebrauchen, jenes grausame »Halt!«, welches die Hausfrau des Ingravallo ausgesprochen hatte. Nein, nein, nein, in seinem Hause … ganz im Gegenteil: Ort der Frauen war es und würde es bleiben.

Männliches gab es in seinem Hause nur eines: ihn – wenn man nicht die männliche Stimme des Tuce rechnen wollte, die, hin und wieder, in seine Gehörkammern schallte, als stärkender Widerhall, indem sie ihm nicht weniger als den zwölf Millionen Italienern das Hirn aufmöbelte, vielmehr: der ein Hirn hatte, wie sein eigenes, ein Maresciallo-Hirn, wenn auch gerissen bis dorthinaus. Von Zeit zu Zeit also: wie wenn man einen Wecker aufzieht. Da kam sie heraus, die liebe Stimme, versteht sich, aus dem Radiokästchen: welchselbiges sich der Fabrizio Santarella in Mailand angeschafft hatte, als er auf ›Sonderkommission‹ dorthin geschickt worden war, um dort die Spuren zweier Raubritter zu verfolgen, beide namens Salvatore, der eine wie der andere: und er war mit zwei Salvatori heimgekehrt aus Mailand, und außerdem mit einem

Zweiröhrenradio, wundervolle Errungenschaft der wundervollen Zivilisation. Eine weitere männliche Stimme und auch diese von baritonalem Schmelz war jene außerordentlich weiche und höchst gewinnende des Grammophons, das heißt in jenen Augenblicken, wenn dieses sich männlich produzierte: denn gleich darauf konnte ihm einfallen, sich weiblich zu betätigen. Das Wunderwerkchen verwandelte sich also, mit allergrößter Ungeniertheit, vom Männlichen zum Weiblichen und umgekehrt: durch verwirrende Substanzumstellungen: vom Herzog von Mantua zur Gilda und vom Rodolfo zur Mimi. Im übrigen war alles im Hause des Maresciallo Santarella weiblich: und weiblich würde es bleiben. Und die bösen Zungen, die weiblichen vor allem, behaupteten, daß trotz der neun Frauen und der achtzehn Schühchen mit den achtzehn Stöckelchen, die ihm in den Ohren tickten in den Stunden des *loisir* ... des häuslichen Feierabends, in den vier Wänden ... den häuslichen, in Gegenwart der häuslichen Laren, das waren zwei schöne Gipskatzen auf dem verloschenen Kamin, arme Miezekatzen, die von einem männlichen Krimskramshändler aus Lucca geboren waren, behaupteten also, daß er, während ihm das Grammophon aus der Via Zanardelli dreiundzwanzigmal hintereinander das eiskalte Händchen in die Seele goß, ihm und der ganzen Nachbarschaft, behaupteten sie, behaupteten, daß er trotz allem eine Schwäche habe für eine von den Lehrlings-Nichten der Zamira, der Färberin bei den Due Santi. Na ja. Er war eben ein ganz Schlauer, der Maresciallo Santarella: wie alle Marescialli.

Ein Kenner: das war logisch. Im geeignetsten Moment konnte er ein Auge zudrücken. Oder sie alle beide aufreißen.

Er sah prächtig aus: volles Gesicht, rötlichbraun gebrannt auf Wangen und Nase, blauschwärzlich dort, wo geschabter Bart ihn männlich auswies. Die großmütige Haut des Italikers: von der Röstpfanne, im Juli, unter der dreschenden Sonne: durchloht, um mit Carducci zu sprechen. Eine Gesundheit wie ein Hochzeitsmakler vom Land. Und der Schnurrbart, starr wie der Kaiser Wilhelms. Die Dienstpistole auf der linken Hüfte, die drei Kilo wog. Das Herz ging einem auf, wenn man ihn so sah. Die Mädchen, in gewissen Vollmondnächten, träumten vom Maresciallo. Und so gewisse Haderlumpen, die die ganze Misere des bevorstehenden Imperiums auf dem Buckel hatten, gewisse Hungerleider und Fahrraddiebe, Eckensteher und Rumtreiber, in Straßen und Kneipen des Tags und nachts auf »Nachtschicht«, die konnten's kaum glauben, wenn's soweit war, daß sie sich von ihm die Handschellen anlegen und »einbuchten« lassen sollten; wenn er daherkam, Hurenteufel nochmal, dann schnauften sie auf: aus war's vorläufig mit der Angst, mit der Gefahr: genug geschwitzt, genug gewetzt, genug geritzt, genug aufgeschreckt bei jedem Knistern, bei jedem fernen Kreischen eines Gatters: keine Türen wurden vorläufig mehr aufgebrochen mit klopfendem Herzen: sieh da, alle Not zu Ende: Freude erfaßte sie wieder, im Innern, die armen Haderlumpen! die Hoffnung auf morgen ergriff sie aufs neue. So froh waren sie, wenn sie ihn sahen, daß sie ihr

trauriges Handwerk vergaßen, ihre Pflicht vergaßen: nämlich mit der Diebsbeute abzuhauen und, schwieriger
noch, mitsamt den Brecheisen, schwer beladen: nach soviel Mühe auch noch rennen zu müssen! Wieso denn? Sie
begrüßten ihn mit einem Blick, mit einem verständnis-
innigen Lacher, der bedeuten sollte »unter uns gesagt …«:
offerierten ihm wahre Sträuße von Dietrichen, ganze Sor-
timente von Nachschlüsseln. Sie baten ihn, rücksichtsvoll,
um sein letztes Zündhölzchen: um damit, genießerisch,
ihren letzten Stummel anzustecken. Haaah! Hah! machten sie, beim Ausatmen, mit Wollust in der Kehle: oder
schnaubten Rauch aus den Nasenlöchern. »Also gut, kann
man nichts machen«, sagten sie: und hielten ihm die Handgelenke hin: Sehnsucht nach den Handschellen war in ihnen wieder erwacht: so wie dem Müden und Zerschlage-
nen nichts anderes behagt als sein Bett. Sie überreichten
ihm die beiden Pfoten, die Langfingerpfoten: sollte er eine
Weile damit anfangen, was ihm deuchte: geblendet von
diesem dunklen Gesicht, von diesen festen, schwarzen,
durchdringenden Augen: von diesen roten Streifen an den
Hosen, von den Silberstreifen auf den Ärmeln: von jenem
weißen Bandelier wie für eine Kuhglocke, den Insignien
der Autorität, der forschenden, rächerischen, handschellen-
anlegenden Autorität: von dem V. E. [Viktor Emanuel] in
der Silbergranate auf der Mütze: von diesem Bäuchlein,
diesem Hintern. Jawohl, Hintern. Denn er drehte sich und
wendete sich, wütete, und drehte sich aufs neue, pflanzte
allen und jedem einzeln die Augen ins Gesicht, mit ge-
sträubtem Schnurrbart, Augen spitz wie Nägel und kohl-

schwarz, er handelte, er verfügte, telephonierte, trick, trick, tititrick, brüllte in die Muschel, trampelte auf den Nerven der beiden Milizleute von der Wachstube herum, gab Befehle aus: denen alle gehorchten, das war das Schönste, und zwar in einer Art algolagnischer Frenesie, und masochistischer Wollust: gefangen im magischen Zirkel des V. E., im Bannkreis dieses Energiekerns, der auf so glückliche Weise auf die Satelliten ausstrahlt: und nach ihnen auf sämtliche Halunken im allgemeinen. So daß sie nichts weiter ersehnten, kaum daß sie ihn erblickten, als von einem seiner Blicke ins Loch gespült zu werden. Wenn dann alles vorbei zu sein schien, und die Frauen wisperten, pschpschpschpsch, da, aufs neue, das Knattern der brausenden Motoguzzi-Maschine, und fügte Glanz zu Gloria, Leben zu Leben. Er lief vom Stapel, unter Wolken von Staub, und überließ die raunenden Mädchen sich selber: die Gesponse: die barfüßigen Nichten der Zamira: flüchtiger Dämon aus der Legion der roten Streifen, Geist aus verfallenen Schlössern: wo die Nacht, überrascht von den Stunden, die ihr nicht zugehörig, ach! versäumt hatte, ihn wieder in ihre Höhlen zu bannen; wenn sie sie ausgelöscht, droben in den Ruinen all jener Türme: der Eule gelbe Augenscheiben. Sie holt ihn ein, den späten Flügel, den dunklen Schal der Finsternis, in ihr Fels- und Schattennest. Efeuteppiche dichten sie ab vom Tag. Doch er, im Gegenteil, kaum daß der Himmel gold und rosa ist: von Rocca di Papa nach Castel Savelli hinunter: von Rocca Orsina zum Monte Nuncupale hinauf: denn schon ist das Rebmesser oder die Harke beim Werk, am Weinberg, am

Ölberg. Blublublublu, dahin mit Schwung, aufs neue erwacht, tost ihm der Motor zwischen den Knien. Oder bubbert unter ihm in verhaltenem Brodeln der neue Morgen, wo das Sträßlein hinabfällt ins befestigte Gelände: oder dort, am Berghang, sich verliert in Ackerscholle, in dornigem Gestrüpp. Oder wo Erdbeer und Vipern gedeihen am Nemisee, im Niederholz. Er agierte, der Agent, erschien, verschwand, wie Beelzebub vom Zauberer beordert: bewegungslos am Stamm einer Steineiche vielleicht, er und die Stute Guzzi, ein Stein am Boden: und ein wenig weiter vorn, als Aufpasser, die Ordonnanz: faszinierende Gegenwart der roten Streifen, mit dem weißen Bandelier, dem Kuhglockenband am Halse, mit dem V. E. in der Silbergranate auf der Mütze. Ornament, mit den Handschellen in der Patrouillentasche, von der albanischen Wachstube; zwei Handschellen für vier Handgelenke und zwei Päckchen billiger Zigaretten, und zwölf Reservepatronen, Blitz-Zentaur von der Via Ardeatina, und, weiter, der Via Appia.

Wenn er dann drunten ankam, bei Ciampino oder Palomba, erhob er die Augen: hinauf, hinauf: weiße Wolkenkarawanen des Mittmärz im Himmel, von nichts Wirklichem verfolgt, auch sie nicht, und doch gab's etwas, das sich darum mühte, sie aneinanderzuhäkeln: und das waren die silbernen Spitzen der Antennentürme, wie Kardelspitzen im Kammgarn: im fliehenden Wogen, schneeige Herde, flockten sie in ewiger Umformbarkeit, dann erschlossen sich, im unerreichbaren Wechsel des Vorgefühls, im hohen Wind, kalte Fetzen von Azur.

Blendendes Rom

Pier Paolo Pasolini

Die Oberleitungsbusse der Linien FR und FL schossen auf der Via del Mare, als sie sich kreuzten, von ihren Stromabnehmern zwei kalte Lichtblitze ab: Granatapfel und Minze auf Eis. Auf dem Asphalt waren den beiden phosphoreszierenden Schatten Flügel gewachsen, und die an der Haltestelle zusammengedrängten Fahrgäste wurden von ihnen gestreift wie vom Flügel eines blinden Engels.

Auf der Via del Mare herrschte eine wundersam euklidische Luft, in der die beiden Geister, der scharlachrote und der smaragdgrüne, sich zu geometrischen Figuren formten. Ringsumher badeten die von Scheinwerfern angestrahlten antiken Ruinen im Raum mit einem Wohlbehagen, einer Fülle, einer Ausgeglichenheit, die wohl eher paradiesisch als geometrisch waren. Das Auftreten der Geister fiel ganz genau mit einem Augenblick zusammen, den die Zeiger der Uhren festhielten: 14. September 1950, 21.05 Uhr. Die üblichen Fahrgäste, die, wie gewohnt, jeden Tag in Richtung Porta Metronia oder Piazzale Flaminio fuhren, um ihren Geschäften nachzugehen oder Verabredungen einzuhalten, und die durch ein unvorstellbares

Übermaß an Gegenwart, an Tagesgeschehen, an Sorglo-
sigkeit gesichtslos geworden waren, nahmen die Anwesen-
heit jener beiden elektrischen Wesen wahr, ohne beson-
ders darauf zu achten. Sie vibrierten auch nur ein wenig
mehr als die großen Scheinwerfer, die die Vorhallen, die
Stützpfeiler und Säulengänge in einen See aus sterilem
Licht tauchten – aus dem das »21.05 Uhr an einem Abend
des Jahres '50« ins abstrakte Nichts geschleudert wurde.
Grundfarben aus einem schlichten Dreifarbendruck, reine
Töne, wie für die Experimente eines Optikers aus dem
Regenbogen gewonnen, intelligente Wesen, irisierend wie
Getränke mit Selters, die auf die Chagallschen Gruppen
aus Fahrgästen, Oberleitungsomnibussen und Ruinen einen Magnesiumblitz abgeschossen hatten. Wobei sie jedoch den Raum auf Würfel, Kugeln usw. reduzierten, ein,
wenn die reizvolle Vermutung gestattet ist, abstraktes
Meisterwerk. Vor fünf Minuten noch … vor nicht mehr
als fünf Minuten … und jetzt ist die Frische dieser beiden
engelhaften kalten Luftzüge, des roten und des grünen,
von der Via del Mare schon aufgesogen worden, ohne daß
irgendeine Spur von ihnen bliebe, und die Via del Mare ist
in fünf Minuten älter geworden, blind drängt sie die Zeit
vorwärts, schon eingebettet in eine neue, unausdenkbare,
tödliche Alltäglichkeit.

In einer sehr langen Sequenz, von einer Langsamkeit,
die an Stillstand grenzt, kochte das Forum unter einer
Sonne, die es nicht mehr abzukühlen vermochte, obwohl
dies die Vormittagssonne war, noch ein wenig nach Kohl
duftend, hauchzart, glühend. Rauchgrau bis rostgelb: glas-

klar die von ihren Strahlen durchzogene Luft, wie in einem Wohnzimmer in einer Kleinstadt am frühen Morgen, während die Dienstmädchen sauber machen, oder auf einer Zeichnung aus dem Spätbarock, vielleicht mit einem grünrosa Schleier über den sepiafarbenen und grauen Federstrichen – diese Luft führte ein Element meteorologischer Unordnung ein, ein romantischer Bruch trat zwischen die aufmerksamen Blicke der Touristen und die auf den antiken Straßen übereinander geworfenen Berge verfallener Steine …

Der Ameisenhaufen lag verlassen da.

Und in der Makellosigkeit dieses Augenblicks die herrliche Fahraufnahme, ein Rundblick: Panoramaansichten aus der Luft, die Abhänge des Kapitolshügels, der von stechender Sonne durchtränkt wird, hart gegen die Sonne steht: Gogol, Goethe, Stendhal, Seneca, Gide, welch blühender Reichtum. Die Wimpern vom Licht ein wenig ausgetrocknet, mit übersäuertem Magen und angeschwollenen Waden: aber in die Membran des Gehirns hat sich wie auf ein unbelichtetes Negativ die vollkommene und zertrümmerte Architektur eingeprägt …

Laufburschen mit einem Gemüt, das robuster ist als ihre Feiertagshosen, Marktverkäufer, alte Krämer: von strotzender Gesundheit verblödete Gesichter. Im Stadion sind fünfunddreißigtausend von ihnen. Mit kollektiven Seufzern, mächtig wie Löwengebrüll, machen sie ihrem Römersein Luft. Ihrer besessenen Leidenschaft. Das kleine rote Flugzeug, das elliptische Bahnen um das Stadion herum webt, das riesige, knatternde Stofftuch mit der Werbung für die Brillantine Linetti hinter sich herziehend. Alle potentielle Nummern im Regina Coeli Gefängnis, alle so grau wie Stoff zu zweitausend Lire der Meter und so schön wie einsam, ihr Heftchen mit dem Tod als Comicfigur in der Tasche, in gelben und roten Farben. Es sind dieselben, die mit zwölf Jahren obszöne Kritzeleien auf die Mauern schrieben, um ihre tödliche Trunkenheit zu normalisieren.

Die zu Staub zerronnene Zeit, wie geruchloses Naphthalin, ein grüner Schleier über dem nur ein wenig intensiveren, körnigeren und frischeren Grün der Pflanzen an den Tiberufern, über dem Gelbrosa des Wasserspiegels – und über den ersten Lichtern der Abendstunde, die hier und da aus dem bitteren und gleichgültigen Himmel auftropfen – die Zeit verflüchtigt sich zu einem zarten Hauch: du hörst ein »Okay«, spürst Moleküle einer »Camel«, siehst gelbes Papier im schmutzigen Wind eines Stadtviertels aufwirbeln, einen Kohlstrunk, der auf den Bürgersteigen Latiums herumrollt. Und dieses Rom eines Abends im Jahre '47 stürzt in einen seidenen Geruch von Fenchel und Rauke: jetzt, nachdem ihre hauchzarte grüne Rinde verschwunden ist, ihr Firnis mit den sinnlichen und öligen Schwingungen aus Licht, erbeben die Bäume an den Ufern des Tibers wieder in einem echten Wind, im Zentrum des Windes, den die Vorhersagen des Wetterberichtes vom Sonntagnachmittag entdeckt und verzeichnet haben, als er in den Zentralmassiven des Apennin oder am Tyrrhenischen Meer entstand, frisch wie eine Alge, mit langen, herrlichen Auswirkungen auf die Luftverhältnisse in Richtung Rußland, die Ostsee und die Syrten. Tausende von Schlaginstrumenten atmen, ächzen und lachen hinter den blauen, fliederfarbenen Verkrustungen der römischen Landschaft, hinter den Stadtansichten, farbensatt wie Blumenbeete, die unterhalb des Pincio oder des Gianicolo zur Hintergrundkulisse von Ausgrabungen oder Vulkanen werden, hinter den perspektivisch verkleinerten Ausblicken auf einen verschnörkelten, schmierigen, marmornen Barock, hinter den Reihen nach Tontöpfen duftender Vorstadtpflanzen und den Gärtchen, die vom Salpeter und von der Einsamkeit braun gefärbt sind, hinter den hellblauen Biegungen eines patriotischen und festlichen Tibers; und zwischen den Seufzern, den Rufen, dem Gelächter – mal nah, mal schwindelerregend weit entfernt, aus anderen, noch glücklicheren Stadtvierteln – schlendern die jungen, halbwüchsigen Römer an den Tiberufern entlang, lachend, auf ihren Wangen den lebendigen Abendwind.

Autoren

Vitaliano Brancati (1907–1954) arbeitete als Lehrer in Sizilien und lebte nach Kriegsende als freier Schriftsteller und Journalist in Rom. Brancati schrieb Theaterstücke, Essays, Erzählungen und Drehbücher, unter anderem für Roberto Rossellini. Von seinen vier Romanen wurde »Der schöne Antonio« 1949 mit Marcello Mastroianni und »Paolo der Heißblütige« 1955 mit Giancarlo Giannini in den Titelrollen verfilmt.

Carlo Emilio Gadda (1893–1973) absolvierte in Mailand ein Ingenieurstudium, zog 1945 nach Rom und begann dort mit seiner Arbeit an seinem Hauptwerk, »Die gräßliche Bescherung in der Via Merulana« (1957). Mit babylonischer Sprachvielfalt schildert er die bizarren und extrem verschlungenen Geschehnisse um einen Mordfall, der sich in der Via Merulana in Rom ereignete. Nach dem großen Erfolg dieses Romans zog sich der nun renommierte und preisgekrönte Schriftsteller nach Monte Mario zurück. Neben philosophischen, psychologischen und historischen Studien schrieb er vielschichtige Erzählungen und Romane, für die er auch internationale Preise erhielt. Seine experimentelle Handhabung der Sprache machte ihn zu einem Vorbild der italienischen Gegenwartsliteratur. Toni Kienlechner wurde 1986 für ihre virtuose Übersetzung von Gaddas Sprachexperimenten in »Die gräßliche Bescherung in der Via Merulana« ausgezeichnet.

Luigi Malerba (*1927) studierte Jura in Parma und ging 1950 nach Rom. Er arbeitet als freier Schriftsteller, Publizist, Mitarbeiter an den »Nuovi argomenti« und Drehbuchautor und gilt als einer der größten Erzähler der modernen italienischen Literatur. In »Die Schlange« (1966) schildert er die ironisch-satirische Geschichte

eines römischen Briefmarkenhändlers, der ein erotisches Abenteuer sucht und davon träumt, fliegen zu können. »Mozziconi« ist
der skurrile und kauzige Held seiner »Geschichten vom Ufer des
Tiber« (1975), der sich auf eigenwillige Art und Weise gegen die
Zerstörung seines Lebensraums, des Tiberufers, auflehnt. In dem
historischen Kriminalroman »Die nackten Masken« (1995) ent-
wirft er ein spannendes, pralles Sitten- und Lebensgemälde aus der
Welt der Kardinäle im Rom der Spätrenaissance.

Dacia Maraini (*1936) wurde in Florenz geboren, wuchs in Japan
auf und studierte in Florenz, Palermo und Rom, wo sie auch heute
lebt. Sie arbeitete als streitbare Journalistin für verschiedene Zeit-
schriften, seit 1955 Mitarbeit an den »Nuovi argomenti«, und ver-
öffentlichte 1962 ihren ersten Roman, »Tage im August«. Das
Thema der Emanzipation der Frau ist das Leitmotiv ihres Werkes,
ihre Romane sind bis heute auf den italienischen Bestsellerlisten zu
finden. 1972 lernte sie bei einem Gefängnisbesuch in Rom Teresa
kennen, die jenseits bürgerlicher Normen nach eigenen Regeln
lebt. Aus den Berichten Teresas entstand das Buch »Erinnerungen
einer Diebin« (1972). Dacia Maraini arbeitet auch als Drehbuch-
autorin und Filmregisseurin und schreibt Theaterstücke und Ge-
dichte.

Alberto Moravia (1907–1990) lebte in Rom und gilt als einer der
erfolgreichsten und seiner erotischen Themen wegen auch als einer
der umstrittensten italienischen Schriftsteller des 20. Jahrhunderts.
Einige seiner Werke wurden vom Heiligen Offizium auf den Index
verbotener Bücher gesetzt. In seinen »Römischen Erzählungen«
schildert er das alltägliche Leben der einfachen Leute in Rom, was
ihm den Namen »Vergil der Vorstädte« einbrachte. Er war Ro-
mancier, Journalist, Essayist und Filmkritiker. Moravia war Mitbe-

gründer der Zeitschrift »Nuovi argomenti« (1953), für die er auch seinen Freund Pier Paolo Pasolini als Partner gewinnen konnte.

Pier Paolo Pasolini (1922–1975) studierte in Bologna Literatur und Kunstgeschichte und arbeitete als Lehrer, bis er wegen Homosexualität aus dem Schuldienst entlassen wurde. 1949 zog er nach Rom, trat in der Filmstadt Cinecittà zum ersten Mal als Statist auf und inszenierte nach einigen Jahren selbst Filme wie »Mamma Roma« und »Accattone« – Filme mit christlichen, marxistischen und psychoanalytischen Inhalten, die in den Peripherien der Städte oder in der archaischen Welt der Antike spielten und ihn international bekannt machten. Pasolini war einer der provozierendsten und meistdiskutierten Schriftsteller Italiens. Sein persönliches und literarisches Interesse galt den Jugendlichen der römischen Vororte, deren Leben er in Romanen und Erzählungen eindrücklich schilderte.

Luigi Pirandello (1867–1936) studierte Philologie in Palermo, Rom und Bonn und war danach in Rom als Journalist, Dramatiker, Regisseur, Schauspieler und Theaterleiter tätig. Er gab dem italienischen Theater durch von ihm entwickelte dramaturgische Techniken neue Impulse und wirkte mit seinen Stücken bahnbrechend auf das gesamte moderne Theater. Als Meisterwerke gelten auch seine rund 240 Novellen, in denen er ein Gesamtgemälde des gesellschaftlichen Lebens der zwanziger Jahre entwarf. Rollenspiel und Identitätssuche ist das Thema seines Romans »Mattia Pascal« (1904), der zum ersten großen Erfolg des Schriftstellers Pirandello wurde. 1934 erhielt er den Nobelpreis für Literatur.

Quellen

Für die freundliche Genehmigung zum Abdruck der Texte danken wir allen genannten Verlagen. Die Überschriften »Die Kuppel« und »Zamira« wurden von der Herausgeberin gewählt.

Vitaliano Brancati: Die Kuppel
  aus: »Paolo der Heißblütige«
  aus dem Italienischen von Arianna Giachi
  © 1963 Patmos Verlag GmbH & Co. KG, Walter Verlag,
  Düsseldorf und Zürich
Carlo Emilio Gadda: Zamira
  aus: »Die gräßliche Bescherung in der Via Merulana«
  aus dem Italienischen von Toni Kienlechner
  © 1961 der deutschen Übersetzung
  Piper Verlag GmbH, München
  Titel der Originalausgabe: »Quer pasticciaccio brutto de Via
  Merulana« © 1957 Garzanti Editore, Mailand
Luigi Malerba: Der Priester und die Hure
  aus: »Die nackten Masken«
  aus dem Italienischen von Iris Schnebel-Kaschnitz
  © 1995 Verlag Klaus Wagenbach, Berlin
  Meine Liebesgeschichte begann mit einem langen Spazier-
  gang, der einer langen Ansprache glich
  aus: »Die Schlange«
  aus dem Italienischen von Alice Vollenweider
  © 1985, NA 2000, Verlag Klaus Wagenbach, Berlin
Luigi Malerba: Geschichten vom Ufer des Tiber
  aus dem Italienischen von Alice Vollenweider
  Seite 7–18, 21–22, 104–117 der Originalausgabe
  © 1980 Suhrkamp Taschenbuch Verlag, Frankfurt am Main

Herausgegeben von Elisabeth Petersen

Die Texte folgen in Orthographie und
Interpunktion den Ausgaben der Rechteinhaber.

1. Auflage 2001
Alle Rechte vorbehalten

Buchgestaltung: Elisabeth Petersen
Lektorat: Redaktionsbüro Eva Bachmann, München
Umschlagfoto: Look, die Bildagentur der Fotografen, München
Druck und Bindung: Clausen & Bosse, Leck
Printed in Germany

ISBN 3-926689-09-9